脳科学捜査官　真田夏希

シリアス・グレー

鳴神響一

角川文庫
23544

目次

第一章　狙　撃

【1】

視界はぼうっとした煙雨《えんう》に包まれていた。

ガラス窓の向こうに灯の点《とも》り始めたみなとみらいがゆっくりと小さくなってゆく。

すべての景色の輪郭がぼやけ始めた。

梅雨に入ってすぐの水曜日のことだった。上杉輝久《うえすぎてるひさ》は黒田友孝《くろだともたか》とともに、よこはまコスモワールド名物の大観覧車のゴンドラから煙雨にかすむ横浜《よこはま》ベイエリアを眺めていた。

マウンテンパーカー姿の上杉とダークグレーのオーダースーツをきちんと着こなし

た黒田……こんな中年男がふたり、ゴンドラに乗る姿はあまり見られないかもしれない。

大観覧車の係員も奇妙な目で上杉たちを見ていた。

「雨のみなとみらいも悪くはないな。まるで都会の憂うつを閉じ込めたかのようなほの暗さを感じさせる」

窓の外に視点を置いたまま黒田が静かに言った。

「部長がそんな情緒的なことをおっしゃるとは思いませんでした」

上杉はちいさく笑った。

黒田は神奈川県警の刑事部長をつとめるキャリア官僚である。階級は警視長で、上杉の直属の上司ということになる。

上杉もキャリアだが、警察庁時代に上司の腐敗を暴こうとして上層部に疎まれ、神奈川県警に追い出された。異動してきた県警本部でもおとなしくできなかった。処遇に困った当時の幹部たちは刑事部に根岸《ねぎし》分室を設置して上杉を分室長として配属した。やってくるはずの部下はいつまで経っても決まらず、刑事部全体のサポート任務を担うという名目で飼い殺しにされている。

その後、刑事部長となった黒田は上杉を評価してくれて、特別な任務を与えてくることが多い。

「そうかね……わたしはそんなにリアリストかな」

いくぶん神経質そうな目つきで上杉を見た黒田刑事部長は、口もとに笑みを浮かべた。

少しルーズな髪型にオーバル型の銀縁メガネは、官僚というよりも大学の若手教授のイメージに近い。

「いえ、決してそういう意味で言ったのではありません。部長は至ってロジカルな方だと思っていましたので」

言い訳するように上杉は言った。

「わたしはね、学生時代には谷崎潤一郎《たにざきじゅんいちろう》や堀辰雄《ほりたつお》、三島由紀夫《みしまゆきお》にはまってね。学業そっちのけで読みまくっていたんだよ。おかげで文学部時代の成績はいまいちだ。法学部に転部してからずいぶんマシになったがね」

照れたように黒田部長は笑った。

手にしたこともないような高尚な作家の小説だ。上杉は警察小説くらいしか読まない。

「なるほど……そうでいらっしゃいましたか」

黒田部長は京都大学で心理学を学んでから法学部へ入り直した経歴を持っている。

「さて、上杉くん。わたしがこんな場所に君を呼び出したのは、雨に煙る横浜港の眺めを君と一緒に楽しみたかったからではない。言うまでもなく、ほかの人間に知られたくない話をしたいからだ」

黒田部長は淡々と用件を切り出した。

「公用車の運転手にすら聞かせたくないというような話でしょうか」

いささか緊張して上杉は答えた。

「決して彼を信用していないわけではない。ただ、万が一にも外へ漏らしたくない話なのだ。いまから話す内容は刑事部内でも参事官や刑総課長のほか、わずかな人間しか知らない」

厳しい顔つきで黒田部長は言った。

「お話しください」

上杉はやんわりと続きを促した。

「タレコミの話だ。昨日の夜、刑事部に対してタレコミがあった。『一週間以内に神奈川県警にとって拭《ぬぐ》いがたい恥辱となるような大きな事件が起きる。このネタを県警に買ってもらいたい』という内容だ」

黒田部長はゆっくりと告げた。

「県警にとっての恥辱……」

思わず上杉は繰り返して低くうなった。

事実だとすれば大変な話である。

「恥辱がなにを意味するかは謎だ。このタレコミは横浜市内の公衆電話から男の声で総合相談室にかかってきた。刑事部長あてに伝言するようにとの話だった。担当者はあわてて刑事総務課に連絡して刑総課長からわたしに伝わった」

眉間《みけん》にしわを寄せて黒田部長は言った。

いまどき数少ない公衆電話を用いたのは、発信元を秘匿するためだろう。

「部長を指名するとはいい度胸ですね」

上杉は苦笑した。

「総合相談室の担当者に対しては『無視すると、刑事部長が困るはめになるぞ』と恫《どう》喝《かつ》していたそうだ」

「タレコミにしてはずいぶんと大きな話ですし、妙に強気ですね」

「ふつうならまともに相手にすべき話ではないだろう。警察に対して妄言を口にする人間はいくらでもいる」

難しい顔で黒田部長は言った。

「ではなぜ……わたしをお呼び出しになったのですか」

「問題はこのタレコミをしてきた人物だ」

黒田部長の目が光った。

「いったい誰なのですか」

畳みかけるように上杉は訊《き》いた。

「ミスターZと名乗った……君ならこの名前は知っていよう」

上杉の目を見つめて黒田部長は言った。

「なるほど、闇世界では名の通った武器密売人ですね」

もちろん上杉はその名を知っていた。

「そうだ、日本中の警察が追いかけている犯罪者だ」

黒田部長はゆっくりとうなずいた。

「拳銃《けんじゅう》をメインに各種の銃器を密輸し、暴力団などに売りさばいているヤツですね。その取引方法が巧妙でいまだに尻尾《しっぽ》がつかめていないというブローカーのはずですな」

上杉は情報屋の一人からミスターZの話は聞いていた。

懇意にしている暴力団対策課の堀秀行《ほりひでゆき》ならミスターZの話は詳しく知っているかもしれない。

堀警部補はいわゆるマル暴刑事だ。かつて捜査一課にいたこともあって、当時、管理官だった上杉の部下だった。

神奈川県警では刑事部長の下に組織犯罪対策本部が置かれていて、暴力団対策課もこの本部に所属する。

「そうだ、誰もその正体をつかめずにいた人物だ。居住地はおろか年齢も性別すらもわからなかった。ミスターZは神奈川県警内部でそう呼んでいるニックネームに過ぎない。いつまでも正体がつかめないので組対本部でいつの間にかそう呼ばれている。この名前を名乗るからには、電話を掛けてきた男は警察関係者か、あるいは……」

「ミスターZ本人というわけですか」

黒田刑事部長は静かにあごを引いて口を開いた。

「だがね、男の要求の内容から警察関係者とは考えにくいのだ」

「ミスターZはどんな要求をしているんですか」

「金の要求はしていない。要求したところで警察が多額の金を支払うはずがないことを知っているのだろう。Zの要求する報酬は、自分が訴追されるおそれのある一件の銃器密売の罪を見逃すことだ」

黒田部長は顔をしかめるようにして言った。

「司法取引は検察官が判断する問題じゃないですか。刑事部ではどうこうできませんよね」

上杉はのどの奥で笑った。

「いや、司法取引制度についてはZも知らないわけはない。しかし、たとえばわたし自身が担当検事に話せば、必ず考慮するはずだ。Zはそのことも見切っているんだろう。かなり狡猾《こうかつ》な人間だ」

黒田刑事部長は、上杉の予想通りの答えを返した。

「身辺に捜査が及んでいることをミスターZはどうしてつかんだんですかね」

上杉は首を傾げた。

刑事部ではミスターZの氏名さえつかんでいないのだ。現時点では検挙にはほど遠い段階だ。

「誰かに取引現場などを目撃されたという自覚があるのかもしれない。また、実際にその人物を薬物銃器対策課の捜査員がミスターZとは知らずに目をつけている可能性はある」

黒田刑事部長の答えに上杉は納得した。

常習的な犯罪者はいつも疑心暗鬼でまわりの人間に気を配っているものだ。

「現在、監視対象となっている人間のなかにZはいないんですね」

上杉が念を押すと、黒田刑事部長は冴《さ》えない顔で首を横に振った。

「薬物銃器対策課長に調べさせたが、Zと思《おぼ》しき人物は見つけられていない」

「Zがもし本当に捜査員が目をつけている人間だとしたら、刑事部内に捜査情報をリークした者がいるんですかね」

上杉は首を傾げた。

「そうであってほしくはないが……」

「可能性は高いですね」

黒田部長はゆっくりとあごを引いた。

「だが、それを追いかけるのは後回しだ。優先すべきことが出てきた」

「もしや……」

上杉は黒田部長の次の言葉に期待した。

「Zはこちらと接触を図りたがっている。一方的に明日《あした》の午後一〇時に、横浜市内の本牧山頂《ほんもくさんちょう》公園駐車場に刑事部の誰かをよこすようにと告げてきた」

黒田部長の言葉に上杉はこころの中で快哉《かいさい》を叫んだ。俺の出番というわけか……。

「なるほど、わたしが呼ばれたわけがわかりました」

歯切れよく上杉は答えた。

「いや、この話は薬物銃器対策課の捜査員に命ずるわけにはいかんのでな」

いくらか決まり悪そうに黒田部長は答えた。

司法取引が絡む話だ。それに、こんな話は刑事部長としては表向きにしたくないものに違いない。いわば刑事部の裏仕事だ。まさに自分にうってつけの話ではないか。

一瞬沈黙した黒田部長は、上杉の目を覗《のぞ》き込むようにして訊いた。

「上杉くんは、Zのタレコミをどう思う」

「自分を見逃せだなんて見返りを求めてるなんてのは、ずいぶんと強気な話ですよね。少なくとも大ネタを振ってくるでしょう。そのネタが真実なのかガセに過ぎないのかは別としてね」

この考えには自信があった。

「わたしも君と同じ考えだ。もし、真実だとすれば放置できる話ではない」

黒田部長は目を光らせた。

「仰せの通りです。是が非でも我ら神奈川県警はその事件の発生を防がなければなりませんね」

上杉の言葉に黒田部長は大きくうなずいた。

「Zが予告したこの事件を仮に、X計画と呼ぶことにしよう。X計画を未然に防ぐのは名指しされた我が神奈川県警の責務だ」

眉間にしわを寄せて黒田部長は言った。

黙って上杉はつよくあごを引いた。

「上杉くん、あらためて頼む。明日、本牧山頂公園に行ってZと接触してほしい。二箇所あるうちの奥の駐車場だ」

明確な口調で黒田部長は命令を下した。

「了解致しました」

かるく頭を下げて上杉は命令を受けた。

「君ならヤツの言い分に真実が含まれるかどうかを聞き出せるはずだ」

黒田部長は口もとに笑みを浮かべた。

「おまかせください。多少手荒な尋問をするかもしれませんが……」

上杉はのどの奥で笑った。

「まぁ、問題にならん程度に留《とど》めてくれ」

苦笑いを浮かべて黒田部長は言った。

「はい、部長にご迷惑を掛けるようなことは致しません」

頭を掻《か》いて上杉は答えた。

「君がZから聞き出した内容をもとに、今後の対策を進めてゆくかどうかを判断する。もし少しでも真実が含まれているとしたら、ゆゆしき問題だ」

気難しげに黒田部長は言った。

「Zという男が口からでまかせを言っているだけかもしれません」

その可能性は少なくはない。

「わたしは、そうであることを祈っている」

黒田部長の顔つきは相変わらず厳しかった。

観覧車を降りてから上杉は、黒田部長とともに園外に出た。

幸いにも雨は上がって薄日が差し始めた。

ゲートを出ると、どこからともなく黒塗りのクラウンが近づいてきて目の前に停まった。

黒田部長は手で制したが、運転手はさっと降りてきた。

五〇代後半のごま塩頭のおとなしそうな男だった。

運転手は上杉に向かって頭を下げると後部座席のドアを恭しく開けた。

ゆっくりと黒田部長が公用車に乗り込むと、ウィンドウがすっと下りた。

「では、頼んだよ。明後日の朝はいつもと同じように六時には起きている。その時間になったら電話してくれないか」

黒田部長は口もとにほほえみを浮かべて言った。

「承知しました。必ず成果を上げてみせます」

上杉の返事に黒田部長はしっかりあごを引いた。

赤レンガ倉庫方向へと走り始めた公用車の姿はすぐに見えなくなった。

畳んだ傘を手に、上杉はクルマを駐《と》めてあるカップヌードルミュージアムの駐車場に向けて歩き始めた。

背後から《バニッシュ！》という名のジェットコースターに乗る人々の歓声が響いてくる。

上杉は自分に与えられた任務にこころを弾ませて横断歩道を渡り始めた。

【2】

翌日の夜、午後一〇時前。時おりパラパラと小雨が落ちてきている。間けつワイパーが動くと、ブレードがフロントガラスに引っかかりがちでイヤな音を立てる。

ゴムが劣化し掛かっているのに気づいてステアリングを握る上杉は舌打ちした。

ランクル覆面は、イスパニア通りと呼ばれる道を本牧山頂公園駐車場へと向かっていた。

ずいぶんと洒落《しゃれ》た名前だが、麓《ふもと》の新本牧ショッピング街の建物が、アンダルシア風のスパニッシュコロニアル様式を真似たものであることが由来だ。

本牧山と名前はあるものの、標高は四〇メートルほどの丘に過ぎない。

山頂付近は東西に長い公園となっていて眺めがよく、展望台が点在している。公園の中央付近にある小高い見晴らし山からは横浜港の景色がパノラマのようにひろがる。また、西端に位置する本牧荒井《あらい》の丘から望む根岸千鳥《ちどり》町方面の工場夜景も人気が高い。

イスパニア通りに架かる歩道橋を過ぎてすぐのあたりの左側に、夜間も開いている本牧山頂公園駐車場の入口がある。自動ゲートでチケットを取ると、上杉は駐車場へと入っていった。

根岸分室から直線距離では三キロに満たない場所だが、上杉がこの公園に来るのは初めてだ。

マップなどで調べてみると、駐車場は上下二段に分かれていて、両方で二〇〇台近くのクルマが駐められる。やや狭い下段の駐車場には五、六台のクルマが駐まっているだけだった。

桜の季節などは夜間もある程度賑《にぎ》わうようだが、小雨がぱらつくこの時季に訪れる人が多かろうはずがない。

上杉はアクセルを加減して踏みながら、うっそうとした林に囲まれた上段の駐車場へと登っていった。

不思議な構造で、入口から二列目の駐車スペース沿いにスチールのフェンスが続いていて、その向こうにひろがる広い駐車場とを隔てている。

フェンスの入口は一箇所だ。入口をふさいで奥のだだっ広いスペースをイベントなどに使うのだろうか。

駐車場にはそれぞれかなり距離をおいた三台のクルマしか駐まっていなかった。

左手奥には天徳寺《てんとくじ》という真言宗《しんごん》の寺があり、その右手に琴平《ことひら》神社が見えている。照明は入口付近にあるだけだが、天徳寺や遠くのマンションの灯《あか》りで意外と明るかった。

上杉は駐車場全体を見渡しながらランクルをゆっくりと乗り入れた。駐車車両のうち、右手の大木の蔭に駐まっている白っぽいフィットはアイドリング状態で、誰かが乗っている気配があった。どうやらカップルらしい。

フィットはこちら側に鼻先を向けていた。無関係なら申し訳ないと思いながらも、上杉はほんの一瞬だけヘッドライトをクルマに向けた。

運転席にいる男はワイシャツにネクタイを締めていてサラリーマンらしい。助手席は髪の長い女性で白っぽいブラウス姿だった。

ふたりとも三〇代くらいに見受けられた。

そのまま上杉はフィットの横を通り過ぎた。

ほかの二台は入口近くに駐まっていて人気《ひとけ》がなかった。

フィットから反対側の天徳寺に近い場所に進めると、上杉はクルマの鼻先を入口方向に向けてランクルを駐めた。ほとんど駐車場の端の位置だ。

もし、フィットがミスターZのクルマなら接触してくるに違いない。

だが、フィットに動きはなかった。

五分ほどの時間が過ぎ、時刻は一〇時を少しまわった。

アイドリングをストップすべきところだが、こちらのクルマに人間が乗っていることを示す必要がある。いささか気は引けるがエンジンは掛けたままにしてスモールライトも消さなかった。

坂道の下の方向から低く轟《とどろ》くエンジン音が近づいてきた。

やがて青白いヘッドライトが上杉の目を射た。

シルバーメタリックの比較的大きなクルマが駐車場内に速いスピードで入ってきた。

すぐにそのクルマはメルセデス・ベンツのクーペだとわかった。

ベンツは駐車場内に入ったあたりで一旦《いったん》停止すると、ヘッドライトを消した。

スモールライトだけを灯《とも》したベンツは、ゆっくりと上杉のクルマへと近づいてきた。

上杉はこのベンツのドライバーこそがミスターZであろうと直感した。

パーカーを羽織り、念のために腰のホルスターにP２０００を入れた。

H&K社の小型オートマチック拳銃《けんじゅう》で威力のほどは頼りないが、県警から自分が貸与されているのはこの拳銃なのである。

静かにドアを開けて上杉はランクルの外に出た。

小雨のせいか、季節のわりには意外と冷え込んでいる。

すると、ベンツの左ドアが開いてひとりの男が姿を現した。

がっしりとした身体つきで白っぽいブルゾンを着てデニムを穿《は》いている。

あたりのぼんやりとした灯りに浮かんだ身体つきから四〇代なかばと見えた。

立ち止まったままの男に、上杉はゆっくりと歩み寄っていった。

男は視線を巡らすように頭を動かして、上杉の風体を確かめるようなそぶりを見せた。

「神奈川県警の上杉だ。あなたの話を聞きに来た」

上杉も立ち止まり、男に向かって声を張った。

黙ったままで男はかるく右手を上げた。

「電話を掛けてきたのはあなたなのか」

上杉はふたたび声を張り上げた。

「そうだ、俺だ。あんたに買ってもらいたい話がある」

いくらかしわがれた声で男は答えた。

「いまそちらへ行く」

上杉は静かに歩みを進めた。

男もゆっくりとこちらに歩き始めた。

両者の距離は一メートルほどに近づいた。

やはり四〇代なかばくらいか。

四角っぽい大きな顔に、離れた両目と小さい鼻がアンバランスな印象を与える。

凶悪な雰囲気の顔立ちではなく、ぱっと見は会社員か公務員といったおとなしいイメージだった。

ただ、小さな目の光は鋭く感じられた。

「あなたはミスターZを名乗ったが、本当にそうなのか」

やわらかい声で上杉は語りかけた。

「そうだ……あんたらがつけた名前だ」

「で、どんなネタを買ってほしいんだ」

「そう簡単に話すわけにはいかない……まずはあんたの身分を知りたい」

目を光らせて男は訊《き》いた。

「俺は刑事部根岸分室長の上杉輝久という」

上杉はパーカーのポケットから警察手帳を取り出して提示した。

記載事項を確かめようと、男はさらに一歩近づいた。
次の瞬間である。
高い所で空気を切るような炸裂《さくれつ》音が響いた。
銃声だ。
立て続けに二発。
次の瞬間、男の身体が左斜め後ろにドサッと倒れた。
上杉は反射的に地に伏せた。
銃声はやんだ。だが……。
襲撃者がなにを目的として、ミスターZを撃ったのかはわからない。
次の照準が上杉に合っている危険性は高い。
三発目の銃弾に頭を吹っ飛ばされたら終わりだ。
男の生死を確かめているゆとりはなかった。
駐車場の中ほどに駐《と》まっていたフィットが、タイヤを滑らせながら急発進した。
フィットはボディを左右に揺らしながら、駐車場を飛び出していった。
一瞬の静寂が駐車場を覆った。
上杉の全身に緊張感がみなぎった。

二回の炸裂音が響いた。やはり高所だ。

チンというような金属音が上杉の後方で聞こえた。

今度の銃弾はアスファルトに当たったのだ。

襲撃者の意図は明確だった。

敵の次のターゲットは上杉だ。

いままで四発の銃弾は左方向の東側から飛んできた。

反対の右方向なら逃げようがないが、男の倒れ方から考えて間違いなく襲撃者は左にいる。

クルマの蔭に身を隠すしかない。

おそらくは東側に何棟か建ち並んでいるマンションの屋上あたりからの狙撃《そげき》だ。

近くのマンションとは七〇メートルほどしか離れていない。

拳銃では厳しい距離だが、警備部のSATが使っているサブマシンガンMP5ならじゅうぶんに有効射程距離内だ。MP5は上杉のP2000と同じ9ミリパラベラム弾を用いる。ストック（銃床）付きの拳銃のなかにも同じ程度の有効射程を持つものがある。

仮に襲撃者の得物がアサルトライフルだとすれば、最高で五〇〇メートル以上の性能をもつものもある。

連射はなかった。命中精度からしても、敵が使っているのはおそらくはストック付きの拳銃だろう。上杉が伏せていたため、いまの二発の照準が狂ったのだ。

腰に拳銃はあるが、こちらの反撃は不可能だ。

いずれにしても、このままでいれば敵の餌食《えじき》になる。

自分が伏せている位置からランクルとベンツのどちらが近いか、上杉は瞬時に判断した。

男が乗ってきたベンツのほうが一・五メートルほど近い。上杉の伏している場所からは三メートルくらいだろう。

ベンツの蔭に身を隠すべきだ。

膝《ひざ》をついた上杉は、低く屈《かが》んだ姿勢に移った。

顔をわずかに上げ進むべき位置を見据えた。

頭を低く戻すと、背中を水平にして上杉は走った。

ふたたび二発の銃声が響いた。

銃弾が跳ねる金属音が聞こえる。

二発とも近くのアスファルトに当たった。
走るしかない。
ベンツの左側面の蔭《かげ》に上杉は身を隠すことができた。
頭をサイドウィンドウより上に出さないように上杉はしゃがんだ。
ホルスターから拳銃《けんじゅう》を抜いた。
だが、敵の位置もわからない以上、反撃が不可能なことに変わりはない。
みたび銃声が空気を切り裂いた。
次の瞬間、ベンツ右側のサイドウィンドウが砕けた。
ルーフの上にもガラス片が舞い散った。
敵は当たるはずのない場所に向かって銃弾を放った。
威嚇に違いない。
この銃撃におそれをなして、上杉がベンツの蔭から飛び出すのを狙っているのだ。
その瞬間に上杉の頭か胸に銃弾が撃ち込まれるだろう。
そんな手に乗るわけにはいかない。
ひたすら耐えるしかない。
拳銃を構えたまま、上杉は敵の次の襲撃に備えた。

遠くからサイレンの音が響いてきた。

警察がやってきたようだ。

銃声を聞いた住人か、あるいはさっきのフィットのカップルが通報したのだろう。

上杉の全身から力が抜けた。

サイレンの音に襲撃者は立ち去るに違いない。

周囲に緊急配備を張られたら、敵は逃げ場を失う。

ほっとすると同時に、自分の任務が早くも失敗してしまったことに上杉は歯噛《はが》みした。

上杉に落ち度はないが、Zが殺されては神奈川県警にとって恥辱になるというX計画にたどり着くことは不可能だ。その話が真実であるかどうかも確かめる方法はなくなった。

やがて駐車場の入口に赤色回転灯を反射する光が見えてきた。

すぐに一台のパトカーがかなりの速度で駐車場内に飛び込んできた。

腰のホルダーに拳銃をしまうと、上杉はゆっくりと立ち上がった。

ベンツから離れてパトカーから視認しやすい位置に立った。

パトカーは上杉から一〇メートルほどの位置に停まった。

ふたりの制服警官が降りてきた。

ライトブルーの半袖《はんそで》シャツの上に対刃防護衣と呼ばれるベストを着用している。

付近を巡回していた地域課の警察官たちのようだ。

背の高い若い制服警官はフラッシュライトを上杉の顔に向けた。

「手を上げろっ」

もうひとりの小太りの年かさの制服警官は、なんとリボルバー拳銃を上杉に向かって構えている。

仕方なく上杉は両手を上げて、大声で叫んだ。

「おい、俺は警官だっ」

上杉の声は駐車場に凜《りん》と響いた。

「なんだって」

「本当か……」

ふたりの制服警官は一瞬、顔を見合わせた。

「なにを勘違いしているんだ、俺はいま撃たれてたんだぞ……早く緊急配備《キンパイ》を掛けろ」

苦々しげに上杉は言った。

フラッシュライトを持っている二〇代後半くらいの制服警官が近づいてきた。

胸の階級章を見ると巡査だ。

「あの……手帳を見せて」

若い巡査はいくらかやわらかい声で告げた。

「手を下ろしていいか」

上杉は静かに訊《き》いた。

「確認してからだっ」

銃口を向けたままで年かさの制服警官が叫んだ。四〇代と思《おぼ》しきこの男は階級章で巡査部長とわかった。

「パーカーの左ポケットに入ってるから見たけりゃ勝手に見ろ」

いらだち気味の声で上杉は言った。

こんな無駄なことをしている地域課員たちに上杉は腹が立っていた。

さっさと緊急配備を掛けるべきだ。

「拳銃、持ってるのか」

ボディチェックをしながら、若い巡査が驚きの声を上げた。

「俺は警官だ。あたりまえだろ」

ふて腐れ加減に上杉は答えた。

「動くなよ」

年かさの巡査部長は恫喝《どうかつ》を続けている。

「オートマチックか……」

若い巡査は、拳銃とホルスターとをつないでいるコードの金具を外してP2000を手に取って眺めている。

「警察手帳をさっさと確認しろ」

上杉が噛みつくように言うと、若い巡査はP2000を自分の腰ベルトに差した。

続いてポケットから警察手帳を取り出し、開いてライトを当てた。

「え……」

若い巡査が絶句した。

「どうした？」

けげんな顔で巡査部長は訊いた。

「こちらのお方は警視でいらっしゃるんですが……」

かすれた声で若い巡査は言った。

「な……に……」

巡査部長は言葉を失った。

「そうだ、俺は刑事部根岸分室長の上杉だ」

上杉は憤然とした調子で答えた。

「では、本部の課長級ですね」

巡査部長の言葉が急にていねいになった。

「そう言ってんだろ」

はっと気づいたように巡査部長は構えていた拳銃を下ろし、腰のホルスターにしまった。

「失礼しました。自分は本牧署地域課の高田《たかだ》と言います。すぐ下の市道を巡回しておりました」

高田巡査部長は決まり悪そうに名乗った。

「自分は小山《おやま》と言います」

若い小山巡査は名乗って挙手の礼をした。

「俺の拳銃を返してくれ」

上杉は淡々と言った。

「わかりました」

頭を下げて小山が渡したP2000を、上杉は腰のホルスターにしまった。

「たぶんダメだろうが、被害者《ガイシャ》の生死を確認しよう」

上杉は身体を翻すと、ベンツの向こう側に仰向《あおむ》けに倒れている男に歩み寄っていった。

高田と小山もぼんやりあとを従《つ》いて来た。

かがみ込んで男を見据えると、小山がフラッシュライトで照らしてくれた。

表情は消えていて、額のまん中に小指の先ほどの銃創がある。

流れ出した血が汚く固まっていた。

銃創の大きさからしてライフル銃弾ではない。

たとえば自分のP2000のような拳銃《けんじゆう》弾に撃ち抜かれた銃創だ。

ライフル銃弾なら頭の三分の一くらいが吹っ飛ばされていただろう。

男の頸部《けいぶ》に手を触れたが、搏動《はくどう》は感じ取れなかった。

ミスターZと思しき男は完全に絶命していた。

白いブルゾンの左の乳の下あたりにも、派手に血が飛び散った跡が残っていた。

「プロの仕業だな」

遺体に目を落としたまま、上杉は低い声で言った。

「どうしてわかるんですか」

フラッシュライトを持ったまま、小山が驚きの声を上げた。

「頭部に一発、胸部に一発。確実に殺すための射撃術だ。しかも、数十メートル離れた位置から正確に撃ち抜いている。素人にはこんなことはできない」

上杉は自分が撃たれなかったことを天に感謝した。

「緊急配備は掛かっているのか」

立ち上がった上杉は、地域課員たちに向かって訊いた。

「一一〇番通報があった時点で、通信指令課からうちの署に指定署配備が命ぜられております」

きまじめな声で高田が答えた。

指定署配備は本牧署だけの緊急配備である。犯人がプロでは取り逃がすおそれがあろう。

上杉は内心で舌打ちした。

「犯人はおそらく東側の近隣マンションから発砲している。住人からの通報なのか?」

「いえ、この駐車場でクルマのなかにいたという男性からです。ふたりの男性がいたところに銃声がして、ひとりが倒れたという内容でした」

とすると、あのフィットに乗っていたカップルだろう。

この通報ではもうひとりの男である上杉が疑われても仕方ない。

「いま、うちの刑事課からも人が来ますんで……事情を説明してもらえますかね」

高田は遠慮がちに頼んだ。

「ああ、いくらでも説明してやるよ」

あっさりと上杉は答えた。

上杉たちは遺体から離れてパトカーのかたわらに立った。

複数のサイレンが坂を上がってくる音が聞こえた。

すぐにシルバーメタリックのトヨタ・アリオンの覆面と救急車が姿を現した。

二台は上杉たちから八メートルほど離れた位置で停まった。

救急車からはふたりの隊員が機敏に降りてきた。

「ご苦労さまです、こちらです」

小山が救急隊員たちを遺体のある場所へと案内していった。

ストレッチャーを引いた隊員たちが後に続いた。

【3】

覆面パトからはふたりの私服捜査員が降りてきた。

ひとりは五〇代後半くらいの白髪まじりの男で、もうひとりは三〇代なかばの男だった。

ふたりとも白いワイシャツ姿だった。

「あんたが撃ったのか」

私服捜査員のうち、年輩の男が居丈高に訊《き》いてきた。

輪郭のがっしりした顔で目鼻立ちが大作り、ちょっと猪首《いくび》で身体も四角っぽい。

目つきも鋭く典型的な刑事の風貌《ふうぼう》だ。

「おいおい、いきなりなんだよ。俺は警官だぞ。のっけから犯人扱いか」

上杉は声を尖《とが》らせた。

「なんだと……おい、本当か」

男は太い眉《まゆ》を吊《つ》り上げて高田に向かって訊いた。

「こちらは本部の警視でいらっしゃるんだ。手帳を見せて頂き確認した。本署に連絡するところだったんだけど……」

高田巡査部長は気弱な調子で言い訳した。

たしかに地域課のふたりには本署に連絡を入れるいとまはなかった。

「ほう……その若さで警視ね。こりゃ驚きますな」

言葉ほどには驚いていない表情で年かさの刑事が訊いた。

かたわらの若い刑事は目を大きく見開いて上杉の顔を見ている。

「警視、もう少し自己紹介頂けませんかねぇ」

ねちっこい調子で男は言った。

「刑事部根岸分室長の上杉だ。捜査でここへ来ていた」

「ああ……聞いたことがありますよ。部下が配置されてない特殊な分室だとか」

男は薄ら笑いを浮かべた。

「失礼な男だな、まともに口もきけないのか」

上杉は鼻から息を吐いた。

「で、なにが起こったんですかね」

上杉の言葉を無視して、慇懃《いんぎん》無礼な調子で男は訊いてきた。

「俺に名乗らせといて、自分は名乗らないのか」

この男の態度はまったくなっていない。

「わたしゃ本牧署刑事課強行犯係の寺西《てらにし》といいます。一一〇番の通報を受けて飛んできたというわけですよ」

平然とした調子で寺西は答えた。

「所轄の刑事か」

所轄署刑事課員が機動捜査隊より早く臨場するのは、本牧署がすぐ近くだからだろうか。

「ああ、そうですがね。銃撃事件ですか」

「そうだ、被害者は額と胸部に二発くらってすでに死んでいる」

「コロシですか……」

「そうだよ」

「谷《たに》、俺はホトケを見てくるからここにいろ」

寺西はかたわらに立っていた若い刑事に命じた。

「了解です」

そのまま寺西は、救急隊員たちが立つ方向へ大股《おおまた》に歩き去った。

検視はまず、所轄署刑事課の司法警察職員が行う。巡査部長以上の階級の警察官であることが原則だ。寺西は巡査部長なのだろう。

きまり悪そうに谷は黙ってその場に立っていた。

上杉も声を掛けなかった。

まもなく寺西が戻ってきた。

「検視官が臨場するまでもない。ありゃあ間違いなくコロシですな」

寺西は独り言のようにつぶやいた。

「あたりまえだ。俺の見ているところで射殺されたんだぞ」

上杉は苦々しい声で言った。

「頭は貫通銃創で胸の傷は盲管銃創でしょう。たぶん、銃弾は体内に留《とど》まっていますよ」

目を瞬《しばた》きながら寺西は言った。

「俺を狙った銃弾がほかに五発はあるはずだ。確認しろ」

優秀な鑑識なら身体を突き抜けた銃弾でもこの駐車場内から探し出すだろう。

「ほう、犯人はあなたも狙ったんですか」

寺西は驚いたように訊いた。

「そうだ、俺も殺されかけたんだ」

とくにベンツの蔭《かげ》に隠れる前の二発は当たっているおそれがあった。

いまさらながらに上杉の額に汗が流れた。

「伺いたいんですが、警視は拳銃《けんじゅう》などは携帯してないんでしょうな」

嫌な目つきで寺西は上杉の顔を見た。

「携帯している。見知らぬ相手に会ったんだ。なにが起きるかわからんだろう」

上杉は無愛想に答えた。

「ふむ……なるほどね。では、警視がここに来てから、被害者が撃たれるまでの経緯を話してください」

どこか不遜《ふそん》な口調で寺西は言った。

「一〇時にこの駐車場で被害者と待ち合わせていた。被害者から話を聞くためだ」

「被害者の氏名は？」

「知らない。ここで会って、相手の名前や話を聞くことが上から俺に下された命令だ」

上杉としては黒田部長の命令もZの名前も、所轄の刑事に話すわけにはいかなかった。

こんな尋問は迷惑この上ない。

Zが射殺されるという事態はまったくの予想外だった。

「まったく知らない男ですか」

あきれたような声で寺西は言った。

「ああ、知らない」

「それは困りましたな」

眉間《みけん》にしわを寄せて寺西は言った。

「ところで、被害者のクルマはベンツのほうですね」

「そうだ、ランクルは俺が乗ってきた覆面だよ」

「谷、遺体とベンツを調べて被害者の身元がわかるようなものを探してこい」

「はい、直ちにっ」

谷はさっとその場から消えた。

しばらくして救急隊員たちが空のストレッチャーを運んでくると、後部ドアから救急車に載せた。

救急隊は、一見して死亡と判断できる場合など「明らかに死亡している」状態の一定の基準に当てはまる傷病者を不搬送とすることができる。今回もこの基準に該当するとして死体を搬送しないと判断したのだ。事件性もある場合には、死体を搬送するのは警察の仕事となる。

そのまま救急車はサイレンを鳴らさずにゆっくりと駐車場を出ていった。

「デカチョウ」

谷が戻ってきて寺西に声を掛けた。

やはり寺西は部長刑事のようだ。

「いやぁ、すごい銃創ですね。救急隊員も被害者は即死だっただろうって言ってます」

いささか興奮気味の声で谷は言った。

「そんなことより、被害者の身元はわかったのかよ」

不愉快そうに寺西は言った。

「あ、はいっ。被害者は運転免許証を身につけていました。氏名は、うーんと、読み方がわかりません。住所は横須賀《よこすか》市佐島《さじま》、生年月日は昭和五三年五月一八日です」

谷はポリ袋に入れた運転免許証を見せた。

生年月日からすると被害者は四四歳だ。上杉の勘は当たっていたようだ。

「日下部定一か。くさかべと読むのだろうな」

寺西はつぶやくように言った。

現在の運転免許証にはフリガナが振られていない。

「面パトに戻ってICチップから読み取りますよ」

パトカーにはICチップのみに記録された本籍や氏名の読み方を読み取るリーダーが備えてある。もっとも、本当の読み方ではなく、氏名の漢字に割り振られた統一氏名である。

「俺たちだけじゃ手が足りない。鑑識はもう着くだろうが、ほかに応援呼んでくれ」

「了解です」

覆面パトカーに走った谷はすぐに戻ってきた。

「氏名の読みはクサカベテイイチですね。本籍は東京都多摩《たま》市となっています。それから、鑑識のほかに強行犯からも二人来ます。捜一は状況によっては急行するそうです」

きちょうめんな調子で谷が報告すると、寺西はあごを引いてから上杉に視線を移した。

「日下部《くさかべ》定一《ていいち》という名前に聞き覚えはありますか」

「知らんな。初めて聞いた名だ」

ミスターZという名前以外、上杉には知るよしもなかった。

「で、上杉さんは、なんのために日下部に会ったんですか」

畳みかけるように寺西は訊《き》いた。

「さっきも言っただろう。殺された男と会って話を聞けとの命令を受けているんだ」

上杉は淡々と言った。これ以上の答えを返すわけにはいかない。

「もう少し詳しく教えてくださいよ。そんなあいまいな話じゃ調書にも書けませんからねぇ」

寺西は薄ら笑いを浮かべた。

「無理だ。命令はこれだけだ。ほかに知っていることはない」

わずかに沈黙した寺西は上杉の目を見て訊いた。

「ここは冷えますな。小雨といっても濡《ぬ》れると身体に毒ですよ。続きはうちの署で伺いましょうか」

寺西はねちっこい口調で言った。

「なんで俺が所轄に行かなきゃならないんだ」

上杉は声を尖《とが》らせた。

黒田部長への報告もある。また、日下部という名前から調べたいこともあった。

本牧署などへ引っ張ってゆかれるのは、はなはだ迷惑な話だ。

「まぁ、現時点では参考人としてお話を聞かなきゃならないんでね」

とぼけたような声で寺西は答えた。

「参考人だと？」

「そうですよ、この駐車場で日下部という男が射殺された。あんたは日下部と待ち合わせをしていた。しかも拳銃《けんじゅう》を携帯している。これだけの条件がそろっているのに、そのまま帰したらわたしゃ刑事じゃありませんよ。一緒に来て頂きましょう」

寺西は眉間にしわを寄せた。

振り切って帰ることもできる。

だが、黒田部長に迷惑が掛かるばかりではなく、今後の動きが取りにくくなる。連れて行かれるのは警察だ。危険なことがあるわけでもない。

上杉はあきらめて寺西の申し出に従うことにした。

「さっきも言った。クルマで来ているんだ。おたくの面パトに従《つ》いて本牧署まで行くよ」

上杉の言葉を顔の前で手を振って、寺西はつよい口調で言った。

「そりゃ困ります。うちのクルマに乗って下さい。拳銃も預からせてもらいますよ」

寺西が目配せすると、谷が両手を差し出した。

「申し訳ありません。拳銃をお預かりします」

谷はこわごわといった口調で頭を下げた。

無理もない。上杉の階級は本牧署の署長と同じだ。

ふだんは谷は口をきくことも少ないはずだ。

だが、寺西のようなベテラン刑事のなかには階級差をあまり気にしない男もいる。

それにしても寺西は神経が図太い気がするが。

「気をつけて扱えよ」

上杉はホルスターから拳銃を抜いて止めひもを外し、谷に渡した。

「かしこまりました」

谷は恭敬そのものの態度で答えた。

「おや、珍しい拳銃ですな」

寺西が横から口を出した。

「H&K社のP2000だ」

「公安が使っているヤツですか」

「いや、それは同じH&K社でもUSPだ。SATはこいつを使っているな」

「へぇ、わたしらSIG社の銃を貸与されてますよ」

「きっと8＋1発のP230JPだな。俺のは13＋1発だ」

8や13という最初の数字はオートマチック拳銃の弾倉に装填《そうてん》される銃弾数である。

あとの＋１は銃のチャンバー（薬室）内に装塡される銃弾数を指す。すなわち上杉の銃は14発の銃弾を撃てるわけだ。

「なるほど……まぁ、わたしゃ警察に入って三六年ですが、拳銃の引き金を引いたことは一度もありませんがね」

「まぁ、そんなもんだろう」

上杉は県警に左遷されてから何十発となく引き金を引いた。だが、いまそんなことを口にする必要はない。

「さ、行きましょうか」

「ああ、仕方がない」

上杉と寺西たちは歩き始めた。

「鑑識と応援が来るまで、地域課さん頼んだぞ」

寺西は規制線テープを張っている高田に声を掛けた。

「ああ、まかせとけ」

明るい声で高田は答えた。

「高田さん、悪いが、俺のランクルを本牧署まで運んでくれないか。駐車料金は立て替えといてくれ」

覆面パトをこんな場所に放置しておくわけにはいかない。

「承知しました、キーは刑事課のほうに届けます」

高田は近づいてきてキーを受けとった。

「よろしく」

片手を上げると、上杉は覆面パトに歩み寄っていった。

「運転してもいいんだぜ、一〇〇キロで本牧署まで行ってやる」

冗談は無視された。上杉は後部座席に乗り込んだ。

パトカーのなかで寺西は本署とスマホで連絡を取っていた。

上杉を任意同行することを伝え、現在の状況を尋ねている。

本牧署に着くと、寺西と谷が両脇から挟むようにして二階に連れていかれた。

刑事課の取調室の椅子に座った上杉は、正面に座った寺西に向かって言った。

「おい、応接室じゃないのか」

上杉の軽口ににこりともせずに寺西は答えた。

「あんたは参考人だからね」

「ふん、そうか」

取調室には寺西と谷のほか、記録係の制服警官がいた。

完全に被疑者の取り調べ態勢だ。

「スマホも預からせてください」

寺西は手を差し伸べてきた。

被疑者は外部と連絡する手段を奪われる。

「完全に被疑者扱いだな」

不愉快だったが、上杉はチノパンのポケットに入っていたスマホを寺西に渡した。

「まぁ、そういうことですな」

スマホを受け取りながら寺西は平然と答えた。

「おい、参考人じゃないのか」

腹立ちまぎれに上杉は言った。

「いまのところはね」

にやっと寺西は不敵な笑いを浮かべた。

「当番弁護士を呼ぶぞ」

ムッときたが、上杉は軽口で返した。

「ははは、おもしろいことを言いますね。いいですか、わたしはあんたを逮捕してるわけじゃないんだ。捜査の協力をお願いしてるだけです。当番弁護士なんぞ呼べるはずがないでしょうが」

寺西は急に顔を引き締めて言葉を継いだ。

「申し訳ないが、パーカーとシャツも預かりたいんですよ」

口にした言葉とは裏腹につよい調子だった。

「なんのために」

上杉はわざととぼけた。

「わかりませんか。硝煙反応を検査するんだよ」

寺西はぞんざいな調子で言った。

「完全に被疑者扱いか」

不快感をむき出しにして上杉は言った。

「犯人でないことを証明するためにも協力してくださいよ」

いくらかやわらかい調子に戻って寺西は頼んだ。

拳銃を手にして発射すれば、その手や衣服の袖口《そでぐち》などに火薬の爆発によって硝煙が付着する。鑑識ではジフェニルアミンなどの薬品と化学反応させて検出する。

「裸でここにいろって言うのか」

取調室の温度は適温だが、裸でいては風邪を引きかねない。

「代わりのTシャツは持ってこさせますよ」

幸いにもあの駐車場で襲撃者に反撃するチャンスはなかった。

硝煙反応を検査すれば、日下部を殺した銃弾が上杉の拳銃から発射されたものでないことが明白になる。

線条痕《せんじようこん》検査をしてもわかるが、司法解剖をして日下部の遺体に残る銃弾を摘出しなければならない。硝煙反応検査のほうが早く結果が出る。

不愉快だったが、この部屋から早く解放されるためには、さっさと検査させたほうがよい。

「わかった……その前に検査用紙をもってこい」

上杉は憤然として答えた。

寺西が目配せをすると、谷は部屋から出ていった。

すぐに谷と現場鑑識作業服を着た鑑識課員が入ってきた。

「すみません、こちらを両手の指でつまんでください」

鑑識課員は白い検査用紙を上杉の目の前に突き出した。

上杉は両手で検査用紙をしっかりとつまんだ。

「ありがとうございました」

鑑識課員は深く頭を下げて検査用紙をポリ袋にしまった。

「新品ですが、ちょっと大きいかもしれません」

谷はポリ袋に入っているTシャツを差し出した。

上杉はパーカーとシャツを脱いで机の上に置くと、Tシャツを着た。

XLサイズなのだろう。谷の言うとおり、かなりのオーバーサイズだった。

机の上に置いたパーカーとシャツは鑑識課員によって袋に入れられ、検査用紙とともに持ち出された。

「緊急配備は空打ちだったのか」

上杉は気になっていたことを訊《き》いた。

「残念ながら、怪しい者は発見できずに先ほど解除になりましたよ。まぁ、本当にそんな者がいたのかは疑問ですがね」

妙に引っかかる言い方で寺西は答えた。

「近くのマンションの防犯カメラを調べてみろ。怪しい者が映っている可能性があるぞ」

鑑識による現場保存と、防犯カメラのチェックが最優先だ。

「あんたの指図は受けませんよ。それにもし硝煙反応が出たら、そんな無駄なことをする必要もないでしょう」

せせら笑いのような調子で寺西は言った。

「硝煙反応なんか出るはずがないだろう。あんたたちは大きな勘違いをしているんだ」

ムカつきながら上杉は言ったが、寺西は風に柳と受け流した。

「上杉警視、今夜の状況を最初から話してください」

あらたまった声で寺西は訊いた。

「俺は上から指示されたとおり、午後一〇時少し前にランクルの面パトであの駐車場に行った。駐車場内にはクルマが三台駐《と》まっていた。人が乗っていたのは一台だけだったが、このクルマにはカップルが乗っていた。一〇時を少し過ぎた頃にベンツが入ってきた。俺がランクルから外に出ると男も降りてきた。呼び出したのはあなたかと訊くとそうだと答えた。次の瞬間、左手、つまり東側の遠方から二発の銃声が響き、男は倒れた。その後に俺に対しても五発の銃撃があった。そのうち四発は駐車場のアスファルトに当たり、残り一発はベンツに当たった。地域課のパトカーのサイレンが鳴ったためか、銃撃はやんだ。あとはあんたたちが知っているとおりだ」

上杉は一瀉千里《いっしゃせんり》に説明した。

「経緯はわかりました。さっきも訊きましたが、警視はなんの目的で日下部と会うことになっていたんですか」

寺西はしつこく訊いてきた。

だが、この質問に答えるわけにはいかない。

上杉は沈黙した。

「あの男を殺すためか」

挑発するように寺西は言った。

「バカを言うんじゃない。俺がなんで知らない男を殺さなきゃならないんだ」

苦り切って上杉は答えた。

「じゃあなんで知らない男に会いに行ったんだ」

寺西の言葉がぞんざいになってきた。

「上からの命令だと言ってるじゃないか。あの男から話を聞けと命じられていたんだ」

自分に答えられるのはここまでだ。

「それしか言い草はないのか」

寺西はあごを突き出した。

「事実だから仕方ないだろ」

ただし事実の一部だが……。

「確認したんだが、根岸分室長は刑事部内で独立していて、上というのは黒田刑事部長ということだね」

「そうだよ、直属の上司だ」

「その上は松平《まつだいら》本部長となるんだよね」

「組織上はそうなる」

「上の命令というのは刑事部長命令ということになるね」

「ああ、そうだよ」

そこまで言われては否定できない。上杉の命令権者は黒田刑事部長か松平本部長以外にはいないのだ。

「黒田刑事部長が刑事部内でも鼻つまみ者のあんたに、重要な秘密任務なんぞ与えてるって言うのか」

意地の悪い口調で寺西は言った。

上杉は鼻からふんと息を吐いた。

「失礼な男だな」

「あんたの評判は聞いてるよ。刑事部管理官だったそうだね。わたしからすりゃ口もきけないようなえらい人だ。それで、もめ事を起こして根岸分室に追いやられて飼い殺しだ。そんなあんたに黒田刑事部長がどんな命令をお下しになったって言うんだよ。適当な話で誤魔化《ごまか》そうったって無駄だ。あんたは日下部との間になんらかのトラブルを抱えていたんだろ。それであの男を消した」

言葉に力を込めて寺西は言った。

「もし俺が日下部を殺《や》ったんなら、あんたんとこの地域課のパトカーが来るまで駐車場で待ってると思うか。さっさと逃げ出すよ。覆面パトに乗ってたんだ。サイレンを鳴らしてりゃ検問でも引っかかるわけがないだろう」

上杉の反論に寺西はわずかに身を引いた。

寺西は返答に困ったように目を泳がせた。

「とにかく俺は刑事部長命令で動いている。それを妨害しているあんたは、大きなミスを犯しているんだ」

人差し指を突き出して、上杉は寺西を脅しつけた。

「ほんとうに刑事部長がそんな命令を下したんですかねぇ」

いくらか声を落として寺西は言った。

「黒田部長に確認を取ってくれればわかる」

この言葉に寺西はとまどいの色を見せた。

「無茶言わないでくれよ。刑事部長に直接連絡なんぞ取れるわけがないだろう。部長は警視長だよ。まず秘書役の刑事総務課長あてに連絡して伝言を頼むしかない。でも、刑総課長だって警視正だ。うちから連絡できるのは署長だけだよ。明日《あした》の朝、わたしから強行犯係長に上げて刑事課長に伝えてもらって署長がお認めくださったら連絡を取ってもらえるけどね」

寺西は眉根《まゆね》を寄せた。

所轄から刑事部長に連絡を取るのが難しい話であるのはわかっている。しかし、それほどまでに七面倒だとは考えてもいなかった。

「おい、俺はおたくの署長と同じ階級だぞ。俺が頼んでるって署長に伝えてくれ」

「だからって、うちの署の秩序……いや、県警の秩序を無視するようなことは、わたしらにはできないんだよ。緊急事態でもないのに、こんな時間に署長や課長に電話できるわけがないだろ」

不愉快そうに寺西は答えた。

「スマホを返してくれ。俺が黒田部長に直接連絡する」

「ハッタリを言うな。こんな夜中に刑事部長に電話できるはずがないだろう」

「ハッタリなんか言ってない。スマホをよこせ」

法的にはスマホを取り上げる権利など寺西にあるはずもない。

「取り調べが終わるまでは認められん」

だが、寺西は頑として拒絶した。

「本当に石頭だな。所轄の人間ってのはそんなもんなのか」

上杉はなかばあきれ声で言った。

「そりゃあ、あんたはキャリアだ。所轄の人間なんて端《はな》っから馬鹿にしてるんでしょう。でもね、わたしは刑事なんだ。相手の社会的地位なんぞに臆《おく》していたら、刑事の仕事はできない。あんたに殺人の疑いがある以上は後には引けない。疑いが晴れるまではここにいてもらうよ」

寺西は肩を怒らせた。

「えらい強気だな」

腹も立つが、こうした態度を保てる刑事は県警内にもほとんどいるまい。その意味では刑事魂を持った男であるには違いない。

「いい加減に認めたらどうだ。あんたが日下部を撃ったんだろう」

激しい口調で寺西は詰め寄った。

そのときひとりの私服捜査員が入室してきて、寺西の耳もとで何ごとかをささやくと一礼して去った。

「残念だけど、あんたの嫌疑が濃厚になったよ。駐車場に落ちていた銃弾は、六発ともうちの鑑識が回収した。これがねぇ、9ミリパラベラム弾なんだよ」

嬉《うれ》しそうに寺西は言った。

「そうなのか」

上杉はちょっと驚いた。

だが、そんなことは真実の前に意味がない。

「あんたの拳銃《けんじゅう》、P2000は、たしか9ミリパラベラム弾を使うんじゃなかったのかね。日下部を殺ったのはあんただろ」

勝ち誇ったように寺西は言った。

「9ミリパラベラム弾を使う銃器はいくらでもある。さっさと線条痕《せんじょうこん》検査をしろ」

嚙《か》みつきそうに上杉は言った。

「言われなくてもすでに始めてるさ」

平然と寺西は答えた。

それからも押し問答のような状態が続いた。

無駄な時間がどんどん過ぎてゆく。

「だいたいあんたのことは、県警中の刑事が嫌ってるよ」

寺西はぽつりと言った。

「嫌われ者であるくらいは百も承知だ」

まったく以《もっ》て上杉の本音だった。人に嫌われるのを恐れているようでは刑事警察の仕事などできるものではない。

「あちこちの事件に首を突っ込んで勝手なことばかりしている。捜査本部《チョウバ》が立っていても無関係に単独捜査して手柄を上げようとする。我々、所轄の刑事課の人間が靴をすり減らして歩き回ってるのに、そんな泥臭い捜査なんか見下してるんだろう。そりゃあ本部の捜査一課の連中も、我々所轄に対して偉そうな態度を取ることもある。しかしね、あんたは別だ」

「どう別だって言うんだ」

「あんたはキャリア警視だ。階級だけで言えばうちの署長とおなじだ。あんたは警視という階級を笠《かさ》に着て好き放題にやっている。刑事たちはどんなに不満があっても、あんたに対して直接意見が言えるわけはない。我々所轄のヒラ捜査員なんてのは警部補の係長に対してもの申すのだってビクビクだ。あんたの耳には刑事たちの恨みつらみなんて入ってくるはずがないだろ」

不愉快そうに寺西は顔をしかめた。

「そうかもしれんな」

たしかに上杉は好き勝手をやっている。

だが、犯罪事実を明らかにして犯人を確保するためには、まわりの思惑などいっさい気にすべきでないと信じている。

「キャリアは大将さ。俺たちは兵隊だ。警察ってのはそれで成り立ってるんだ。組織捜査を無視するあんたのせいで何人の刑事が悔しい思いをしていると思うんだ。自分たちが獲《と》れたかもしれない手柄を、片っ端からあんたがかっさらっていくんだ」

寺西の声が高くなった。

「俺は手柄がほしいわけじゃない。事件を解決したいんだ。手柄を上げたところで、いまさらキャリアとしての道を歩き直せるわけじゃないんだぞ」

上杉はこのまま根岸分室で警察官人生を終えたいとも思っていた。

自分は官僚ではなくなって長い。事件を追うのが自分の天職だと感ずる。

警察庁に戻ったところで自分の居場所などはないだろう。

「わたしだってね、犯人を逮捕できて事件が解決すりゃあそれでいいと思ってるよ。誰に嫌われたっていいと思って捜査してきた。どうせあと数年で定年だ。このまま所轄の刑事で終わるしかない。しかしね、少しは若い刑事のことも考えてやってくれよ。やつらの手柄をあんたが独り占めにしてるんだ」

吐き捨てるように寺西は言った。

なるほど、この寺西という男は県警各所轄の刑事たちの恨みつらみを一身に背負って、上杉を取り調べているというわけか。

寺西は自分が感情に衝《つ》き動かされていることをどこまで自覚しているのだろうか。

「俺は事件を解決するために生きている。それ以外のことに興味はない」

上杉は本音をはっきりと口にした。

「それはそうだろう。しかしね、キャリアってのは本部内でふんぞり返ってればいいんだ。書類仕事してればいいんだよ。我々の現場にのこのこ顔を出さないでくれよ。さぁ、もう一回復習するぞ」

「俺はやっていない。要らぬ問答は疲れるだけだから黙秘する」

腕組みをすると、上杉は黙って目をつむった。

硝煙反応や銃創で確認できるまで待つしかない。

腕時計は取り上げられていなかったので、もう日付が変わっていることがわかった。

この取調室には窓がなく、屋外のようすはわからない。

谷も記録係も疲れ切っているようだ。

いきなりひとりの私服捜査員が真っ青な顔で駆け込んできた。

私服捜査員は寺西の耳もとで何ごとかを囁《ささや》いた。

「なんだって……」

寺西の顔色も変わった。

大きく目を見開き、全身が硬直している。

私服捜査員は寺西に上杉のスマホを渡すと一礼して去った。

「電話が入っています……ちょっと出てもらえますか」

声を大きく震わせて寺西はスマホを返してよこした。

「上杉くん、どうなっている？」

耳もとで響いたのは黒田刑事部長の声だった。

「あ、部長、わざわざお電話くださって恐縮です」

上杉はスマホを耳に当てたまま頭を下げていた。

「心配していた。無事なんだね」

ほっとしたような声で黒田部長は言った。

心配していたとの言葉に上杉はぐっときた。

「申し訳ないです。実はマルタイが射殺されました……」

上杉は曇った声で言った。

「やはり……先手を打たれたか」

黒田部長は乾いた声で答えた。

「はい、昨夜、出会った直後、なにも聞かないうちに遠方から狙撃《そげき》されて絶命しました」

上杉は端的に事実を伝えた。

「実はつい先ほど福島《ふくしま》捜一課長から電話が入った。午後一〇時過ぎに本牧山頂公園駐車場で殺人事件が発生したという内容だった。その時点で、君が被害に遭ったのではないだろうと思ったが、福島さんがおかしなことを言い出してね。日下部という男が殺された。被疑者らしき者が任意で本牧署に引っ張られている。しかも、それが上杉くん、君だと言うんだ。福島さんも泡食ってたよ。だが、被害に遭っていないのなら安心だ」

黒田刑事部長はいくらか明るい声で言った。

「はい、一課長のおっしゃるとおり、事件後、本牧署に引っ張ってこられまして拘束されていました」

机の向こうで寺西の顔がこわばった。

「取調担当者を電話に出してくれ」

黒田部長の声は険しかった。

「部長があんたと話したいって言ってる」

上杉の言葉に、寺西は目に見えて震えながらスマホを受けとった。

「恐れ入ります。本牧署刑事課の寺西と申します」

電話の向こうで黒田部長がなにか言っている。

「はい、わたしのほうで上杉警視にご協力を頂いていたようなわけで……射殺体のかたわらで拳銃《けんじゅう》を携帯しておられて、とりあえず硝煙反応検査をしておりまして……はい、検査の結果が出ましたらすぐにお帰り頂く予定で……」

黒田部長の言葉が続き、寺西の顔全体から汗が噴き出ている。

「はい、上杉警視は黒田部長のご命令で現場に行かれたと仰せでした。ただ、その内容をお話し頂けませんでしたので……申し訳ございません。わたくしの勇み足でございまして……大変なご迷惑をおかけ致しました。ええ、すぐにお帰り頂きます。はい、承知致しました」

左手でハンカチを握って顔の汗を拭《ふ》きながら、上杉に電話を返した。

「ひどい目に遭ったようだな」

黒田部長は気の毒そうな声を出した。

「いえ、なかなか性根の据わった刑事ですよ。疑いが晴れるまでは帰さないと言ってます」

上杉は笑い混じりに答えた。

「処分を考えるべきかね」

「いえ、その必要はありません」

上杉はきっぱりと言い切った。

仕事に一途《いちず》の寺西という刑事を潰《つぶ》したくはなかった。

「わかった。今夜の件は職務熱心ゆえの行動と解釈しよう」

「それでお願いします」

「福島一課長に電話して捜査本部の設置を伝えなきゃならんな……」

黒田部長は浮かない声を出した。

「そうですね、わたしが被害に遭ったことを隠しおおせないです。すでに本牧署は知っていますしね」

「そうだな、ではこうしよう。タレコミしたいという刑事部への申し出を受けて、わたしの命令で君は日下部に会いに行った。だが、その内容は会うまではわからなかった。会ったとたんに日下部は狙撃されて落命した。これなら問題あるまい」

「はい、問題ないと思います」

寺西に話した内容とも矛盾しない。X計画のこと、つまり『一週間以内に神奈川県警にとって拭《ぬぐ》いがたい恥辱となるような大きな事件が起きる』という内容を隠せばよいのだ。

「とにかく、狙撃犯を少しでも早く捕まえる必要がある。こうなった以上、福島一課長には、ミスターZからのタレコミの件はすべて話すしかない。そのときに上杉くんの無事なことを伝えておくよ」

「ありがとうございます。捜査本部に上がった情報をわたしにも流して頂きたいのですが」

こういうところが若手の刑事たちの反感を買っているのだろう。

彼らが靴をすり減らして集めた捜査情報を横流ししてもらう結果になる。

だが、事件解決のためには仕方がない。

「わかった。捜査本部で摑《つか》んでいる情報は君にも伝えてもらうよう手配する」

「ありがとうございます。管理官は誰になりますか」

「ああ、佐竹《さたけ》くんになるはずだ」

佐竹義男《よしお》警視は四〇代後半の刑事部管理官だ。

「情報は佐竹からもらっていいですか」

かつて佐竹とは同じ部署にいたこともあり気安い仲だ。

歳は佐竹のほうがかなり上だが、タメ口で話せる相手だった。

「佐竹くんにもすべての話をしなきゃならんかもしれんな」

「あいつは信用できますよ」

「そうだな……八時半には第一回の捜査会議を開く予定だ。わたしは議会の関係で顔を出せないが、福島一課長に任せておけばとりあえずは問題がないからね」

「ええ、一課長なら安心です」

「福島さんにはこれから捜一に日下部の住居の捜索をさせるように伝える。明日《あした》の朝までにはなんらかの情報が集められるはずだ」

「わたしはそちらには顔を出しません。自分が動いていることは捜一の捜査員たちにも知られたくないので」

「君は帰ってゆっくり休め」

「そうします。ところで、射撃技術などから見て、狙撃犯はおそらくはプロです。背後に犯罪者集団の臭いがします」

「すると暴力団関係者か」

黒田部長の声が低くなった。

「断言はできませんが、その可能性はあるでしょう。ただ、狙撃犯本人はヤクザではないと思います。日本のヤクザはだいたい銃の腕がなまくらですから……」

「すると、職業的なスナイパーなども視野に入れる必要があるな」

「その可能性は頭に置いておいてもいいでしょう」

上杉は慎重に言葉を選んだ。国内に職業的なスナイパーなどはほとんど存在しないはずだ。

「しかし、参ったな。肝心のミスターZが口を封じられるとはな」

黒田部長は言葉通り困ったような声を出した。

「仰せの通りですが、これで日下部の申し出ていたことが、ガセでないことがはっきりしました」

射殺事件が起こったことで、ただひとつ確実に言えることだ。

「その通りだ。日下部という男の周辺部から情報を収集して、X計画の内容をどうしても明らかにしなければならない。だが、現時点では警備部などに連絡するつもりはない。内容があまりにもあいまいだ。いったい誰がどんな事件を起こそうとしているか、まるでわからんのだ。刑事部でも警備部でも対策の取りようがない。ここは全力で日下部の周囲を洗ってもらうしかない」

声をあらためて黒田部長は言った。

「はい、日下部の線を追い続けます」

「継続して頼む。君のやりたいようにやってくれ。なにか出てきたらすぐにわたしに連絡してくれ」

「了解しました」

上杉ははっきりと答えて電話を切った。

椅子の音をガチャと鳴らして寺西がバネ仕掛けのように立ち上がった。

「まことに申し訳ありませんでした」

寺西は身体を四五度以上に折って最敬礼した。

谷も記録係も寺西に倣って低頭した。

いまさら寺西を責めても無意味だ。

「あんたの、若い刑事たちのことを考えてやれって言葉はちょっとは響いた。しかし、はっきり言っておく。俺は事件解決のためにはほかの人間の都合なんかは考えない。

手柄がほしけりゃ働け、頭を使え、言いたいことはそれだけだ」

上杉は平らかな調子で言った。

「はぁ……」

寺西は返事に困ったような顔を見せた。

「ひとつ頼みがある」

「はい、なんでしょうか」

上杉の言葉に寺西はちょっと身を引いた。

「俺から取り上げたものを返してくれ」

「もちろんです」

ほっとしたような顔で寺西は、谷にあごをしゃくった。

谷はまさに脱兎《だっと》のように飛び出していった。

「もうひとつ頼みがある」

「なんなりと」

寺西は旅館の番頭のようにもみ手をした。

「照会センターに日下部定一の前科照会を掛けてもらってくれ。とくにA号とZ号の結果を知りたい」

警察電話から123番に電話すると、各都道府県警刑事部の照会センターにつながる。

ある人物について問い合わせすると、担当者は専用端末から警察庁の情報処理センターや各都道府県警察のデータベースに対して各種情報を照会し、その結果を伝えてくれる。

神奈川県警でA号は逮捕歴を指し、Z号は暴力団構成員であることを意味する。

「すでに照会しました」

寺西はいくらか力のある声で答えた。

「早いな。で、なにか出たか」

上杉の問いに寺西は首を横に振った。

「残念ながら、日下部定一という名ではなにひとつヒットしませんでした」

「なるほど前科《マエ》はなしか……」

上杉は浮かない声で答えた。

前科があれば取調記録などさまざまな情報が得られる可能性がある。

谷が大きな紙の手提げ袋を下げて戻ってきた。

運転免許証のコピーのほか、上杉の上着とシャツ、ランクルのキー、肝心の拳銃《けんじゅう》と、本牧署が保管していたものがすべて入っていた。

衣服を身につけ、拳銃をホルスターに収めると帰り支度は整った。

「では、失礼する」

長居は無用とばかりに上杉は取調室から出た。

あとから寺西と谷、さらに五人の私服・制服の警官が従《つ》いて来た。

「ここでいい」

上杉は手を激しく振って警官たちを追い払おうとした。

だが、彼らはあきらめずに本牧署の玄関までぞろぞろと後に続いた。

鬱陶《うっとう》しいことこの上ない。

彼らをいないものと扱って、上杉はランクルに乗り込んだ。

インサイドミラーのなかで玄関先で低頭する警官たちの姿が小さくなっていった。

雨はまだ降り続いていた。

ワイパーが嫌な音を立て続けていた。

第二章　痕跡

【1】

しっかりと睡眠を取った上杉は、元気よく根岸分室に出勤した。

翌朝の八時一五分に佐竹の携帯に電話を入れた。

「なんだ、上杉か。朝っぱらから何の用だ」

不機嫌な声が返ってきた。

「いま本牧署か」

「そうだ、あと一五分で会議が始まる。手短に頼む」

愛想なく佐竹は答えた。

「俺が昨夜の現場にいた話は聞いたな」

「ああ、福島一課長から聞いている」

「俺の動いている内容については極秘だ」

「それもわかっている」

「協力してほしいんだ」

「またおまえの独自捜査か……また、俺の寿命を縮めないでくれよ」

ある事件で佐竹におおいに迷惑を掛けたことは忘れていない。

「いつぞやはすまなかったな」

上杉は肩をすぼめて詫《わ》びた。

「ケロッとした顔で謝ったって、俺はあのときの恨みを忘れてないぞ。いつか仕返ししてやるからな」

佐竹はおもしろそうに笑った。

「おお、怖っ」

「まぁ、おまえの捜査を部長がお認めになってるんだから仕方がない。必要な情報はやるよ」

まじめな声に戻って佐竹は言った。

「日下部定一の横須賀の家を家宅捜索したんだろ」

「ああ、銃器や銃弾などはひとつも出なかった。日下部という男の来歴を示すようなものも見つかっていない。モーツァルトが好きだったみたいだな」

上杉の声は裏返った。

「モーツァルトの楽曲を毎日のようにPCで再生していた痕跡《こんせき》がある。それから、古い映画が好きだったようだ。だが、いまのところPC内から犯罪に関するような情報は見つかっていないんだ。メールも通販などに用いたデータしか残っていない」

「そうか……珍しい話だな」

いまの時代、PCをチェックすれば、その持ち主の行動はかなりの程度に判明する。

「スマホも調べたんだよな」

「ああ、もちろんだ。スマホはベンツに残されていて本牧署が回収した。だが、こちらからも有力な情報はなにひとつ出ていない。現時点では、犯罪の痕跡はおろか、交友関係もつかめていない」

犯罪に関する情報が出てこないということは、犯罪関係の連絡に用いていたのは公衆電話なのだろうか。そう言えば、刑事部へのタレコミも公衆電話を使っていたと聞いた。公衆電話は発信場所の特定以外は不可能だ。すべての公衆電話の近くに防犯カメラがあるとは限らない。

「ひどく慎重な男だな」

上杉は鼻から息を吐いた。

「だから、ミスターZなどと呼ばれながら、長年、尻尾《しっぽ》を出さなかったんだろう」

佐竹は浮かない声で言った。

「スマホなども何台か持っていたのかもしれんな。しかもプリペイドSIMをネットオークションなどで入手していたかもしれない。何枚か持っていて発信相手によって変えていれば、こちらはなかなか情報をつかめない」

「それは考えられるな。プリペイドSIMをハサミで切るなどして片っ端から捨てられていてはかなわんな……それに、あの佐島の家以外にアジトがあるのかもしれん」

「大いに考えられるな。狙撃《そげき》犯の正体以前に日下部の正体が皆目不明とはな」

「まぁ、いずれ日下部の正体はつかめるだろうが、狙撃犯にたどり着くのには時間が掛かりそうだ」

佐竹は嘆き口調で言った。

「おいおい、第一回の捜査会議前に管理官がそんな泣き言を口にするなよ」

上杉はあきれ声を出した。

「だがな、ひとつだけ日下部の手落ちと思われるものが見つかっている」

急に明るい声になって佐竹は言った。

「なんだよ、手落ちって」

上杉は身を乗り出した。

「ヤツが身につけていた財布にキャッシュカードが入っていたんだ、ミツワ銀行横須賀支店のカードだ」

佐竹の言葉に上杉はパチンと指を鳴らした。

「口座を調べればなにかわかるかもしれんな」

「ああ、いま横須賀支店に捜査員を送っている。日下部定一の口座情報をもらうつもりだ」

「佐竹、頼む。その情報を俺に送ってくれ」

「一杯おごれよ」

笑い混じりに佐竹は言った。

「わかった。福富町仲通《ふくとみちょうなかどおり》の《いろり》って居酒屋でしこたま飲ませてやる。俺のなじみなんだ」

「居酒屋か。中華街で高級料理でも食わせてくれるのかと思ったぞ」

「おまえ、中華がいいのか？」

「冗談だ。おまえと酒なんて飲んでると、いつ鉄砲玉が飛んでくるかわからんからな」

佐竹は意外にまじめな声で言った。

「人を疫病神のように言うなよ」

上杉は口を尖《とが》らせた。

「あれ？　誰かにもそんなこと言われたような気がするな……とにかく情報が入ったらすぐに送る」

「頼んだぞ」

声を弾ませて上杉は電話を切った。

一時間半も経たないうちに、佐竹が電話を掛けてきた。

「日下部のヤツはミツワ銀行にふたつの口座を持っていて、両方ともネットバンキングを組んであった。こちらでも解析するが、おまえのほうでも見てくれ。おまえのPCアドレスにデータのコピーを送る」

「さっそく助かる」

「いま忙しいので用件だけだ」

佐竹はさっさと電話を切った。

上杉は内心で手を合わせた。

根岸分室のPCでメールを受けとり、上杉は子細に検討することにした。

キャッシュカードが発行されている第一口座はおもに出金に使われているようだった。アパートだかマンションだかの賃料、光熱水費、クレジットカードの支払いなどに使われていた。もちろんATMからの現金の引き出しも認められた。

問題は第二口座だった。こちらは入金口座だった。

振込数が圧倒的に多い名義があった。

株式会社CTGという法人である。

数十万円、ときには一〇〇〇万円を超えている。

あえて分割して振り込まれているフシがある。

この半年で一六〇〇万円以上の振込が認められた。

それ以前のことはわからないが、要するにこの会社から入ってくる金で日下部は生活していたと思われる。日下部が本当に武器ブローカーだとすれば、CTGはきわめてうさんくさい。

上杉はさっとスマホをとった。

「佐竹、ちょっといいか」

「ああ、なにか見つかったか」

「株式会社CTGって会社からの振込が抜きん出ている。怪しいとしか言いようがないぞ」

「ああ、捜査員のひとりがその会社を指摘している。だが、ＣＴＧで怪しい会社はネット検索でも出てこない。現時点ではその法人にたどり着けていない」

「同じ法人名の会社はたくさんあるからな」

「そうなんだ、ある統計では同じ社名の会社が存在しない会社は六割に過ぎない。四割の会社には同じ社名の会社が存在する。驚いたことに三・四パーセントの会社には五〇社以上も同じ社名の会社があるんだ」

「そんなに重複会社名というのは多いのか」

上杉は驚きの声を上げた。

「だから、社名だけでその会社を探すのは困難な話なんだ」

「振込元の銀行に訊《き》けば、住所や代表者名はわかるんじゃないのか」

「それらの銀行に情報開示請求するのには令状がいる。現時点で令状はとれない」

佐竹は冴《さ》えない声で答えた。

「裁判官がうんと言わないか」

「考えてみろよ。日下部定一が本当にミスターＺだとしても、俺たちはヤツの銃刀法違反の捜査をしているわけじゃないんだ。日下部は殺人事件の被害者なんだぞ」

「ああ、そうか……。被害者に金を振り込んでいるというだけで、CTGが加害者と関連があると裁判官を説得するのは無理だな。しかも、この場合は無関係な振込元銀行への令状だ。うんと言う裁判官はいないな」

たしかに佐竹の言うとおりだ。

「いるわけがない……念のために反社企業かどうかをデータベースに照会したが、ヒットしなかった」

佐竹の声はいよいよ冴えなかった。

このデータベースには、市民も一定の手続きで暴力追放運動推進センターからアクセスできる。

「そうか……まともな会社なのか」

少なくともフロント企業として警察が把握している会社ではないらしい。

フロント企業とは、ざっくり言うと暴力団が設立・運営している企業と、資金調達などを通じて暴力団の維持・運営に協力している企業をいう。

「よくわからん。とにかく、いまは日下部定一の周辺を洗って知人友人を探している。つまり鑑取りが中心だ。ちなみに、地取りも進めているが、昨夜一〇時頃に本牧山頂公園付近の防犯カメラに特に怪しい人物は映っていない。マンションが多いのでその時間にも住人は相当数が動いていたが……」

浮かない声で佐竹は言った。なにしろ狙撃《そげき》犯の正体はまったくわかっていないのだ。

「弾道検査はやってるのか」

上杉は質問を変えた。

「もちろんだ。発射弾丸入射角から、狙撃犯が引き金を引いたのは、現場から東側に五〇メートルほどの距離に建つ《プルミエ本牧》という高級賃貸マンションの屋上と推察されている」

「やっぱりそうだったか」

「おまえの体感でも同じなんだな」

「ああ、銃弾は東側の高所から飛んできた。得物はおそらくはストック付きの拳銃《けんじゅう》だろう」

「たぶんそうだ。ライフルだとマンションの出入りの際に目立つからな。ストックを外せば拳銃ならデイパックにも入る」

「狙撃犯はそのマンションで待ち伏せしていたんだな」

「このマンションの防犯カメラは入口付近にしかない。共用部分のあるドアを外から解錠したのではないかと推察できる。一箇所、鍵《かぎ》の掛かっていないドアがあったんだ。

管理人は施錠してあるはずだと言っていたそうだ」

「やはり時間を掛けて狙撃場所を選んでいるようだな。つまり日下部が俺と待ち合わせていた時間と場所を狙撃犯は知っていたということになる」

「なぜ、知っていたのだろうか」

「わからん。考えられるのは狙撃犯が日下部をひそかに尾行していて、ヤツが刑事部に掛けた電話の内容を聞き取っていたということと……」

「もうひとつは警察内部からのリークか」

佐竹はほっと息を吐いた。

「黒田刑事部長のほか刑事総務課長、薬物銃器対策課長、そのほか俺を含めて数人しか知らない情報だ。絶対にないとは言えないが……」

上杉は言葉を濁した。

「そんなことがあってほしくない」

「ご同様だ」

「じゃあ忙しいから切るぞ」

「またなにか出てきたら教えてくれ」

「わかった。おまえのほうもなにかわかったらすぐに連絡してくれ」

「了解だ」

電話はそれで切れた。

上杉は部屋の中の安っぽいソファに横になって考えた。

しばらくして、ある男の顔がパッと浮かんで、スマホを取り出した。

「どうしたんです上杉さん、飲みに連れてってくれるんですか」

暴力団対策課の堀だった。

「おまえ、こんな時間からなに寝ぼけたこと言ってんだ。朝飯を食ったばかりだぞ」

「ほんとは上杉さんの誘いにゃ、こわくて乗れないんですけどね」

ヘラヘラと笑う声が聞こえた。

「おまえ、株式会社CTGって会社のこと知らないか」

「なんです？　根岸分室は刑事部長直属から離れて組対本部の杯を受けようって言うんですか」

「どういうことだよ」

「だって、CTGをターゲットにしてるんでしょ。それ、俺たちの仕事っすよ」

「なに？」

「CTGは、フロント企業の疑いのある会社ですよ」

「本当かよ」

上杉の声は裏返った。

「金融庁に貸金業者として登録されている中小消費者金融業者、いわゆる街金です」

「闇金じゃないんだな」

街金は貸金業者としての登録をしている正規小規模な消費者金融を指し、多くは利息制限法ギリギリの高利設定で金を貸す業者である。

これに対して闇金は違法な無登録貸金業者で、利息制限法を無視した高利で貸し付け、暴行・脅迫を含む違法な取り立てで利益を得ている業者である。

「はい、金融業自体では違法な行為はしていないと思われます」

「振込代行サービスにも手をひろげてるか？」

日下部への入金は借入金だったのか。

いや、そんなことはあるまい。あんなに頻繁に多額の金を借りるとは思えない。

「よく知ってるじゃないですか」

堀はかるい驚きの声を上げた。

やはり日下部の口座に入金していたＣＴＧと同じ会社で間違いなさそうだ。

「この会社はどうなんだ」

「遵法営業してますよ」

「つまり営業自体は問題ないってわけか」

「表向きはね」

堀はのどの奥で奇妙な笑い声を立てた。

「やっぱりヤバいことやってんのか」

「裏ではなにやってるかわかったもんじゃありません。本業はマネーロンダリング屋じゃないかって疑いがあるんですよ」

「なるほどな……で、会社の場所は？」

「中区《なか》翁町《おきなちょう》ですね。関内《かんない》駅からすぐのところですよ」

「で、どこの組のフロント企業なんだ」

「朝比奈《あさひな》会系の三次団体兼松《かねまつ》組ですよ。事務所は川崎《かわさき》市内にあります。組とCTGの間の金の流れを追いきれてないんで、いまんところ泳がせてるんですがね」

「おまえ、いまヒマか」

「人聞きの悪いこと言わないでくださいよ。勤務時間真っ只中《ただなか》ですよ。ヒマなわけないでしょ」

刑事はみんなそうだが、マル暴刑事は実際の勤務時間がひどく不安定だ。

午前中はわりあい忙しくない日が多い。

「ご多忙中、申し訳ありませんが、ちょっとつきあって頂けませんか」

「なんですか、その薄気味悪い敬語は……」

堀はちいさく笑った。

「CTGに一緒に行ってくれ」

有無を言わさぬ調子に変わって上杉は言った。

「いや、あの会社は内偵中ですから」

とまどいがちに堀は答えた。

「ものすごく大きなヤマになるかもしれないんだ。そんなチンケな話はどうでもいい」

「そんなぁ……」

堀は嘆き声を上げた。

「おまえが来なきゃ、俺ひとりで行くぞ」

「上杉さんにはかなわないなぁ」

あきらめの声で堀は答えた。

「おまえ、いまどこにいる?」

「横浜スタジアム裏の相生町《あいおいちょう》の茶店《さてん》です」

「なんだよ、やっぱりサボってんじゃないか」

あきれ声で上杉は言った。

「違いますよ、張り込みですよ」

あわてたような堀の声だった。

マル暴刑事は張り込みをする機会が多い。

「で、どうなんだ？　出られるのか？」

「舎弟とふたりなんで、一時間くらいならなんとかなります」

ふたりだからといってサボっていない保証はない。

「なにが舎弟だ。そいつには俺の名前を出さないでくれ」

「わかりました。いい女に呼び出されたって言っておきます」

「冗談は顔だけにしろ」

堀は四〇歳近くなったが、少なくとも最近まで女っ気はなかったはずだ。

「えへへ……どこへ行けばいいですか」

「日本大通《にほんおおどお》りのスタジアム側の端にクルマで行く。そうだな、三〇分後だ」

「ああ、横浜公園交差点んとこっすね。じゃあ一一時半に顔出します」

「よろしくな。おまえがいると安心だからな」

餅《もち》は餅屋だ。相手がフロント企業だとすれば、堀がいたほうが話が早い。

「なんだか気持ち悪いっすよ、それじゃあ後で」

上杉は電話を切ると、すぐに黒田刑事部長の携帯に電話を入れた。

つながらないので間をあけて二度ほど掛けたが、出なかった。

口座データをプリントアウトしていると、黒田部長からの着信があった。

「すまん、すまん。やっと抜け出せた。おはよう。なにか進展があったのか」

よく通る声が耳もとで響いた。

「おはようございます。実は佐竹から日下部定一の銀行口座入出金データをもらいまして……」

「収穫があったんだな」

黒田部長は明るい声で訊《き》いた。

「株式会社CTGという横浜市内にある法人からの入金が圧倒的に多いのです。日下部が武器密売人のミスターZだとすれば、この入金は銃器の売却代金とも推察されます」

「そう考えてよいだろうな」

「佐竹のほうではCTGという会社の特定ができていないと言っていましたので、うちの暴対課の堀秀行主任に問い合わせました。すると、ＣＴＧはフロント企業の疑いがある会社ということです」

「そうか、組関係か……」

黒田部長は低くうなった。

「事情を問いただすために、これからふたりでＣＴＧに乗り込もうと思ってるんですが、ＣＴＧに対しても日下部定一の名前は出さざるを得ません」

「そうだな」

考え深げな声で黒田部長は答えた。

「堀にも伝えることになってしまいますが、よろしいでしょうか」

「ミスターＺが伝えようとしていたＸ計画に触れなければかまわない。その線だけ守ってくれれば大丈夫だ。これからも捜査員には伝えなければならないことが出てくるかもしれないが、そのたびに考えよう」

「了解しました」

「一週間以内という期限を信ずるとすれば、一三日の月曜までだ。なんとか、Ｘ計画の実態に迫ってくれ」

黒田部長は言葉に力を込めた。

「全力を尽くします」

上杉はきっぱりと答えた。


【2】


一面の曇り空だったが、雨は降っていなかった。

イチョウ並木の木々の葉もまだみずみずしい色あいに萌《も》えている。

陽が差さず影の出ない天気だけに、上杉の目にはかえって鮮やかに感じられた。

時間ぴったりに白い開襟シャツ姿の堀が横断歩道をのっしのっしと歩いて現れた。

堀は異様に体格がよい。左右の肩は牛のように盛り上がって両腕は木の根っこのようだ。

まずはプロレスラーに間違えられよう。

並んでいるとふつうの筋肉質の上杉が華奢《きゃしゃ》にみえる。

おまけに坊主頭で目つきもよくない。

多くのマル暴刑事と同じくヤクザと見分けがつかないような風貌《ふうぼう》だ。

縦列駐車のなかのランクルに気づいた堀は運転席側に歩み寄ってきた。

嬉《うれ》しそうな笑みを浮かべてサイドウィンドウを手の甲でコツコツと叩《たた》く。

「窓を叩くな、おまえの馬鹿力で割れたらどうする」

上杉は無愛想に言ってドアロックを解除した。

「いやぁ、久しぶりっすね」

クルマの反対側にまわった堀は、助手席に乗り込むなり大声で叫んだ。

「隣でデカい声出すな……悪いな、急にこき使って」

上杉は頭を下げた。

「いいんですよ。で、どんな事件なんですか」

「昨夜、本牧山頂公園の駐車場で俺は殺されかけた……」

上杉の言葉をさえぎって堀は叫んだ。

「なんですって！」

今度は耳が痛くなりそうだった。

「だから、隣でデカい声出すなって言ってんじゃないか」

「ああ、すいません。いったいなにがあったんですか」

急に声を潜めたので、上杉は笑いそうになった。

「うん、上からの命令で一〇時に本牧山頂公園の駐車場である男と会うことになっていた。その男が現れたとたん、遠方から狙撃《そげき》されて男は死んだ。頭と左胸に一発ずつ。続けて狙撃犯は俺を狙ってきた。五発撃たれたが、幸いにも全部それた。そのせいでおまえは、茶店でサボっていられなくなったというわけだ」

上杉はちいさく笑った。

「プロの仕事ですね」

上杉の軽口には乗らず、堀は背をそらしてうなり声を出した。

「そうだ、五〇メートルくらい離れたマンションの屋上から狙撃したらしい。まず間違いなくプロの仕業だ。組関係でそんなスナイパーの話を聞いたことはないか」

この問いに堀ははっきり首を横に振った。

「いやぁ、少なくとも暴対《うち》が摑《つか》んでる範囲では、聞いたことないですね。だいたいヤクザってのはハジキ持ってても撃ったことないヤツがほとんどですからね。日本じゃ射撃訓練なんてできる場所ないですから。いつも訓練してるのは自衛隊か警察、射撃競技の選手くらいでしょう」

たしかにその通りだ。国内で一般人が射撃訓練をできる場所など、わずかな射撃訓練場を除いて存在しないに等しい。

「じゃあ、組が仕事を頼んでるようなスナイパーは知らないか」

　この質問にも堀は冴《さ》えない顔で首を横に振った。

「聞いたことないですね。日本人じゃないかもしれませんね」

「その可能性はあるな」

「被害者はどんな人なんですか」

「横須賀市に住んでいた日下部定一という四四歳の男だ」

「何者なんです？　プロに狙われるなんておそらくはカタギじゃないですよね。でも、俺は聞いたことないですね。日下部なんて男の名前は」

　堀は首を傾げた。

「おまえ、ミスターZって知ってるか？」

　上杉の問いに堀は大きくうなずいた。

「ええ、伝説の武器密売人ですよね。日本中の警察が追っているけど、まったく尻尾《しっぽ》がつかめてないってヤツだ。どこからどうやって拳銃《けんじゅう》などを日本に入れてるのかも皆目見当がつかないんです。おそらくは海外の武器ブローカーから現地で拳銃を手に入れて、部品のかたちにしてバラバラに密輸入する。その後、国内で完成品に組み上げているんじゃないかと推察されています。いくつもの組がミスターZから拳銃を買っているんですが、組員もそいつには会ったことがないんですよ。コインロッカーなどの指定場所に拳銃が隠されていて、それを引き取る代わりに対価を残しておくという取引方法だそうです。やりとりは向こうから掛かってくる電話だけです。『拳銃を買わないか』と直接持ちかけてくるそうです。相場より安いんでどの組も重宝しているみたいですね」

さすがにマル暴刑事だけあって、堀はミスターZについて上杉よりずっと詳しいことを知っていた。

「日下部はミスターZである可能性が高いんだ」

「えっ、マジっすか？」

堀はシートの上でのけぞるそぶりを見せた。

「たぶん間違いないだろう」

「そうか……薬物銃器対策課も仕事がひとつ減ったな」

つぶやくように堀は言った。

「かわりに捜査一課の仕事がひとつ増えたというわけだ」

「そうそう、捜査一課といえば、昨夜のその狙撃事件で捜査本部《チヨウバ》が立ってるんでしょ？」

堀は身を乗り出した。

「ああ、今朝、本牧署に開設された。福島一課長が仕切ってる」

「なのに、なんで上杉さんがひとりで動いているんですか」

不思議そうに堀は訊《き》いた。

「日下部定一殺害事件は捜査本部の仕事だ。俺は直接には動いていない」

苦しい言い訳をしなければならなくなった。

「えー、じゃあ被疑者の日下部が死亡してる銃器密輸を追ってるんですか」

納得がいかない顔だ。

それはそうだろう。組対本部薬物銃器対策課の仕事だ。

「それも違う。俺が用があるのは、日下部につながりのある人間を追うことなんだ」

我ながら歯切れが悪い言葉を上杉は口にしていた。

わずかの間、沈黙が車内を覆った。

「はーん、わかりました。もう訊きません」

わけ知り顔で堀は言った。

堀は呑《の》み込みが早い。上杉のあいまいな説明になにかしらの秘密任務が存在することを嗅《か》ぎ取ったらしい。

「とにかく、CTGは単なるトンネルだと思っている。日下部に金を払っていた人間はすなわち銃器を買ってたヤッらだろ」

「その通りですね。どの組へつながるかはともあれ、突っ込んで調べる必要はありますね。たしかにCTGの違法行為を洗うよりはずっと大きな仕事だな」

堀の声は弾んだ。

「説明はこれくらいでいいか」

「ありがとうございます。さぁ、行きましょう」

張り切った声で堀は言った。

堀が知っているCTGの住所は、関内駅にほど近い裏通りに建つ雑居ビルの四階だった。

一階にはアジアン居酒屋と美容院が入っていて、ほかはほとんどが小規模オフィスのようだった。この界隈《かいわい》は商業地としてはまったく栄えておらず、小さなオフィスビルとマンションが目立った。

目的とするビルの四階の窓には大きく「キャッシング CTG」の文字と電話番号が白抜きされたグリーン系の樹脂フィルムの表示が出ていた。

近くのパーキングにランクルを駐《と》めて上杉たちは五階建てのビルに入っていった。

エレベーターで四階に上がると、廊下を挟んだ目の前に磨《す》りガラスで目隠しされた両開きの自動ドアが現れた。CTGをデザインした金色のロゴと「ご来店ありがとうございます」の文字が上杉の目に飛び込んできた。ドアには営業時間が午前九時から午後六時であることも示されている。

なんの気負いもなく堀は自動ドアの前に立ち、ドアがすっと開いた。

明るい店内は横に細長く、狭いが二〇畳ほどの広さだろうか。

店内にはエアコンがよく効いていた。

銀行のような白い天板のカウンターが横に延びている。

ブルーのバックボードを背に、二〇代と三〇代くらいの女性従業員が入口を向いて座っていた。

紺色の制服を着た女性たちの前には客が座るための椅子が置いてあった。

その横にも、担当者はいないがひとり分のスペースがあった。

右手の奥には四人掛けのライムグリーンの布張りソファが置かれていた。

「いらっしゃいませ」

黒髪の女性従業員がふたり、元気に声をそろえてあいさつした。

だが、堀の風体を見たためか、ふたりとも引きつった顔を見せている。

「こんにちは、神奈川県警だけどね、社長さんに会いたいんだ」

愛想笑いを浮かべて堀は猫なで声を出した。

外見が外見だけに、横から見ているとかえって不気味だ。

女性従業員は顔を見合わせた。

「社長さんいるよねぇ」

ますます気持ちの悪い甘ったるい声で堀は訊いた。

「はい……お待ちください」

ぶるっと身体を震わせると、年上の女性は奥へ走った。

しばらくすると、女性はグレーのサマースーツにネクタイを締めた三〇代終わりくらいの男を伴って帰ってきた。

いくらか長めの茶髪で逆三角形の顔に油断のならない目つきをしている。

身仕舞いはしっかりしているが、どこか崩れた雰囲気を持つ男だった。

カウンターの向こうから男は、上杉と堀を頭の先から爪先《つまさき》まで眺めまわした。

「警察の方ですか」

男は高めの声でたずねた。

「神奈川県警組織犯罪対策本部暴力団対策課の堀です」

堀は背筋を伸ばして警察手帳を提示すると、さっきとは打って変わった堂々とした声で名乗った。

「同じく刑事部の上杉です」

上杉も警察手帳を提示して名乗るしかなかった。

だが、相手がふたりの警察手帳を同時に確認できるとは思えない。階級などは読み取れないはずだ。

「お世話になっております。社長の山川《やまかわ》です」

山川はていねいに頭を下げた。

「社長さん、ちょっと話を聞きたいんですがね」

ふつうの声に戻って堀は言った。

「えーと、うちでは暴力団の被害などには遭っておりませんが……」

けげんな顔で山川は答えた。

「そういう話じゃないんだよね」

堀はドスのきいた声で言った。

「わかりました。奥へご案内します」

山川が目配せすると、さっきの年上の女性がカウンターの端のドアを開けてフロアに出てきた。

「こちらへどうぞ」

女性に案内されてソファの横を通り抜け右手の部屋に入った。

社長室なのだろう。全体が白い壁で、部屋の中心的存在である木製両袖机《りようそでづくえ》の背後だけ木製っぽい壁紙が貼られている。

「お掛けになってください」

社長の机と面と向かう、焦茶色の革張りソファの前で女性は言った。

上杉たちが座ると女性は、一礼して去った。

さっぱりとした社長室には、暴力団との関係を示すようなものはなにひとつ置かれていなかった。

机の背後の壁に「至誠」の額が飾ってあるのには思わず笑ってしまった。

山川はなかなか現れなかった。

「上の組織と連絡をとってるんですよ。とつぜんマル暴が踏み込んできたってね」

堀はちいさな声で言った。

五分ほどしてようやく山川が現れて上杉たちの正面に座った。

「いや、お忙しいところ申し訳ないですね……」

堀はかたち通りの言葉を口にした。

「いえ、ご苦労さまです」

ゆっくりと山川は頭を下げた。

「あれっ」

いきなり堀は素っ頓狂《とんきょう》な声を出した。

なにごとかと山川は身を引いた。

「社長、どこかでお会いしたことありませんかね？」

堀は山川の顔を穴の開くほど見た。

山川も堀の顔を懸命に見つめている。

「いえ……刑事さんにお目に掛かるのは初めてだと思います」

いささかこわばった声で山川は言った。

「そうかぁ、俺の勘違いか。他人のそら似ってヤツですかね」

わざとらしく堀は頭を搔《か》いた。

「で……本日はどのようなご用件でしょうか」

気を取り直したように山川は言った。

「おたく、消費者金融のほかに振込代行サービスやってるよね」

山川の目を見据えながら、堀は訊《き》いた。

「はい、扱っております。正確には電子決済等代行業と言います。弊社ではただの振込代行のみならずいくつかのサービスをお客さまにご提供しております」

目を瞬《しばた》きながら、山川は答えた。

「その代行業のことでちょっと訊きたいんだけどさ」

平板な声で堀は言った。

「銀行法の改正で登録制となりましたんで、きちんと金融庁のほうに登録しております」

言い訳するように山川は答えた。

「別に違法営業してるって言ってるわけじゃないんだよ」

顔の前で手を振って堀は言った。

「それならよろしいんですが」

山川は感情のこもらない声で答えた。

「ある顧客の情報をもらいたいんだ」

堀は身を乗り出した。

「お言葉ですが、個人情報の開示には令状が必要なのではないですか」

いくらか尖《とが》った声で山川は答えた。

「利いた風な口きくねぇ」

堀は鼻の先に小じわを寄せて笑った。

「弊社と致しましてはお客さまのお立場をなにより大切に考えております」

ムッとした表情で山川は答えた。

「日下部定一って男の情報なんだけどさ。おたくの客でしょ」

少しも意に介さず堀は言葉を続けた。

「お客さまの情報はお答えできないと申しあげたはずです」

いらだった声で山川は答えた。

「違う。お客さまだった男だよ」

ひどく暗い声を作って堀は言った。

「どういう意味ですか」

山川はきょとんとした顔で訊いた。

「日下部はね、昨夜死んだ」

声を低く落として堀はうつむくようなそぶりを見せた。

「そうなんですか……」

山川は乾いた声で答えた。

「かわいそうに、額と」

堀は自分の額を指さし、続けて左胸に指を向けて言葉を継いだ。

「心臓に一発ずつ銃弾くらってな。即死だから痛みはなかっただろうがな」

「あのそれは……」

震え声で山川は訊いた。

「そうだよ、日下部は殺されたんだよ」

しばし室内に沈黙が漂った。

「それはご愁傷様で……」

山川はなんと返事してよいのかわからないといった顔つきだった。

「だから、もう日下部定一という人間の法律上の権利はこの世から消えちまったんだ。情報をよこしてくださいよ」

堀は理屈にならないことを口にした。

「そうはおっしゃいましても、顧客情報は開示できません。それとこれとは別問題です。たとえばその方の話ではありませんけど、亡くなった方についても相続人はいらっしゃるわけですし……」

山川は強気の態度で答えた。

「おい、これはな、銀行法とかの問題じゃねぇんだ。殺人事件の捜査なんだぞ」

低い声で堀は山川を脅しつけた。

「な、なるほど……」

驚いたような顔をしているが、山川がただの金融業者などでないことがよくわかる。

一般の市民なら刑事にこんな風にスゴまれたら震え上がるはずである。

やはり暴力団関係者なのだろう。

「四の五の言ってると、あんたを犯人隠避罪でひっくるぞ。刑法一〇三条だ」

さらに理屈に合わないことを堀は言い出した。

上杉はさすがに少しあきれた。

「そんな無茶苦茶な」

山川は目を白黒させた。

これはすべて山川が正しい。堀はあえて無茶を言い続けているのだ。

つまりは恫喝《どうかつ》しているわけだ。

「だいたい、世間並みの口きいてるが、ＣＴＧが裏でなにをやってるかだって暴対課じゃつかんでるんだ」

堀の恫喝は続く。

「な、なんの話ですか」

山川の舌はもつれた。

「おまえんとこ洗濯屋やってんだろ」

右の人差し指を山川に突きつけて、堀はつよい口調で言った。

「意味がわかりません」

憤然とした口調で山川は答えた。

「おもしろい言葉だよな。資金洗浄ってのは。アル・カポネが賭博《とばく》や酒の密売で稼いだ莫大《ばくだい》な金を、合法的な収入に偽装するために思いついたことなんだよ。カポネがどういう方法を使ったか知ってるか」

堀の問いかけに山川はなにも答えずに目をそらしていた。

「現金商売のコインランドリーを買い漁《あさ》ったんだ。当然ながらカポネのもとにはたくさんの現金が集まった。これは当然ながらクリーン・マネーだ。そこに違法な稼業で稼いだダーティー・マネーを紛れ込ませたわけだ。つまりシーツやシャツの洗濯で儲《もう》けた金に見せたんだよ。この洗濯がロンダリングだ。マネーロンダリングの一般的な用語では、プレイスメントつまり犯罪収益を金融システムなどに組み込む段階だな。ちなみにマネーロンダリングは三段階説で説明されることが多い。第一段階がいま言ったプレイスメント。カポネのように現金を扱う事業を仮装する方法や、銀行口座への入金が代表例だ。第二段階がレイヤーリング、資金の出所を不明瞭《ふめいりよう》にする段階だ。第三段階がインテグレーション。資金を合法的な経済活動に投入する行為だ。たとえば口座を通じた株式投資や、企業などへの融資という方法を使う。ところでな、第二段階の分別には送金を繰り返すって手口がよく使われる。おまえんとこ送金業務はお手の物だよな。あるいは、本人確認の必要がない海外の取引所を経由して、暗号資産の売買を繰り返してるなんてサービスも提供してんじゃないのか。くっくっくっ」

堀は奇妙な笑い声を立てた。

「なにをおっしゃってるのかわたしにはさっぱり……」

だが、言葉とは裏腹に山川の顔は真っ青だった。

「おい、舐《な》めんなよ。おまえんとこの送金状況を、令状取ってしっかり調べたっていいんだぞ」

堀は声を張り上げた。

これはまともな攻め方だろう。きっとまずい記録がざくざく出てくるに違いない。

「それは……」

山川は言葉に窮した。

「な、おまえんとこの洗濯屋の話より、昨日のコロシのほうが俺たちにとってはずっと重要なんだ。おとなしく日下部のデータを出したら、いままでのロンダリングには目をつぶってやってもいいんだぞ」

急にやさしい声に変わって堀は言った。

「本気で言ってるんですか」

小ずるい目つきで山川は尋ねた。

「ああ、いまこの瞬間にも日下部定一殺害事件のために、たくさんの捜査員が靴すり減らして横浜じゅうを歩き回ってんだ。八〇人態勢だぞ。おまえんとこのロンダリングに割り当てられる捜査員はせいぜい五人だ。コロシがどんなに大事件かわかるだろう」

堀は眉根《まゆね》を寄せた。

「殺人がなにより大きい事件なのは素人にもわかりますけど……」

素人という言葉に力を入れて山川は言った。

「まさか昨夜のコロシにおまえが関係してるわけじゃないだろうな」

堀はわざと見当違いのことを言っている。

「じょ、冗談言わないでくださいよ。わたしがそんな荒っぽいことに関係してるわけがないでしょう。ただの金融業者ですよ」

　山川は顔の前でせわしなく手を振った。

「ああ、合法的に営業している消費者金融さんだよな」

　天井に目を向けて堀は言った。

「そうですとも、正規の登録業者です」

　しれっとした調子で山川は答えた。

「じゃあ、ただの金融業者さん、データをひとつ頼むよ」

　気味の悪いえびす顔で堀は言った。

「まさか後でそんなこと言った覚えはないなんて掌《てのひら》返すわけじゃないでしょうね」

　疑わしげに山川は訊《き》いた。

「おまえも疑《うたぐ》り深い男だな。どうせこの部屋で話してることは録音してるんだろ。いざとなったら、暴対の堀がこんな約束してくれましたって訴えればいいじゃねぇか」

　含み笑いを浮かべながら堀は言った。

「刑事さんにはかないませんね」

　山川は苦笑を浮かべた。

　立ち上がると山川はかるく頭を下げ、上杉たちが入ってきたのとは別のドアから出ていった。

「マル暴のやり口は俺にはマネできないな」

素直な上杉の感想だった。

「上杉さんのほうがずっと荒っぽいでしょ」

ニヤニヤ笑いながら堀は答えた。

「そうかもしれないが、脅したりすかしたり、条件闘争みたいになったり……複雑すぎて俺には無理だ。真実を吐かせるのとはえらく違うな」

上杉はほっと息をついた。

結局、自分が口を出す場面はなかった。

「まぁ、スジモンの扱いは一般の犯人《ホシ》とは違うことはたしかですね。なんて言うのかな、変な意味で同じ穴のムジナの部分がありますからね。継続的な関係を保つことになる場合が少なくないんです。落としておしまいってわけにいかない場合が多くてね。デリケートなアプローチが必要なんですよ」

堀は極めてまじめな顔で言った。ここで言っている落とすとは白状させる意味だ。

「アプローチねぇ」

上杉はあきれ声で堀の言葉をなぞった。

しばらくすると、山川がプリントアウトしたA4判用紙の束を持ってきた。

「これが日下部定一さんとの取引データの全部です。うちは一定期間を過ぎたデータは消去してますので」

ソファに座り直した山川はカフェテーブルに用紙を置いた。

「よく分別してくれた。俺は約束は守る」

しっかりと堀は頭を下げた。

「テキストデータも差し上げますよ」

山川は胸ポケットからSDカードを取り出して用紙の上に置いた。

「いや、これは助かる」

堀は嬉《うれ》しそうな声を出した。

「では、俺たちはこれで」

SDカードを自分の胸ポケットに入れ、用紙の束を手にして、堀は言った。

「もうお目に掛かりたくないですね」

苦笑いを浮かべながら山川は言った。

「ああ、俺もだ」

堀は含み笑いで答えた。

「ご苦労さまでした」

山川は深々と頭を下げて見送った。

上杉たちは出口へと向かった。

堀もずるいところがある。たしかにマネーロンダリングの捜査はしないと約束した。だが、堀が本当に狙っているのはCTGがフロント企業であることの確証をつかむことだ。そうなれば暴対法違反でふたたび山川の前に現れるだろう。

仮にマネーロンダリングについての違法な見逃しを山川が主張したとしても、CTGがフロント企業であったらあまり意味はない。堀は傷つかないし、山川が救われることもないのだ。

「ありがとうございました」

女性従業員たちの声を背中に、上杉たちはCTGの店を出た。

「あの山川って男に会ったことがあるのか」

エレベーターに乗ってすぐ上杉は訊いた。

「いや、初めて会った男ですよ」

ケロリとした顔で堀は答えた。

「じゃあなんで最初に、前に会ったかなんて訊いたんだ」

「ああ、あれですか。スジモンと俺たちは何度も顔合わせていることが多いんですよ。たとえばあの男が三下だった頃に、俺がどこかの組にガサ入れに行って顔を合わせている可能性だってあるわけです。でも、一度くらいならふつうはお互いにあんまり顔を覚えていないことも多い。だからああ言えば、山川は自分がヤクザだってバレたかなって焦る場合もあるってことです」

当然のことだという顔で堀は答えた。

「マル暴はいろいろと腹黒いんだな」

あきれ混じりに上杉は言った。

「えへへへ……」

堀は照れたように笑った。

ランクルで堀を相生町の喫茶店近くまで送った。

「悪かったな、いろいろと。助かったよ」

本音で上杉は感謝していた。

「いえいえ、お安い御用ですよ。データからなにか出るといいですね」

「ああ、きっとなにか見つけ出せるさ」

「また近く飲みましょう」

「ああ、いまの一件が片づいたら、福富町の《いろり》でしこたま飲ませてやる」

堀の反応は佐竹とは大きく違った。

「あ、あの店ですか。いいっすねぇ。季節のものが美味《うま》いですからね」

嬉しそうに堀は笑った。

いまさらだが、この男は笑うと意外に人なつっこい表情を見せる。

堀は助手席のドアを開けて地面に降り立つとわざわざ運転席側にまわった。

上杉はウィンドウを下げた。

「なんか俺に手伝えることがあったら、いつでも連絡してください」

たのもしい調子で堀は言った。

「そう言ってもらえるとありがたい。今日はいい勉強になったよ」

マル暴刑事の捜査に密着したかたちになった。

わずかな時間とはいえ、収穫は多かった。

「それじゃまた」

右手を上げた堀はにこやかに去っていった。

「いいヤツだな……」

上杉はつぶやいてイグニッションキーを回した。

【3】

いったん上杉は根岸分室に戻ることにした。

CTGから入手したデータをゆっくり検討したかった。モノがモノだけに喫茶店やファミレスを使うわけにもいかなかった。

相生町から根岸は事故などがなければ一五分はかからない。

問題なく根岸分室に帰ってきた上杉は途中のマックで買ってきたハンバーガーとポテトをほおばりながら、SDカードに入っているデータに目を通し始めた。

すぐに結果は出た。

CTG経由で日下部の口座に振り込まれた金のほとんどは、株式会社ラスダックという法人からのものであることがわかった。

データは一年以内のものだが、ラスダックは日下部に対して五七〇〇万円以上を振り込んでいる。

上杉はこのラスダックこそが、日下部が拳銃《けんじゅう》を売り渡していた相手だと考えた。

拳銃一丁が闇で取引される値段は、一概には言えないが一〇〇万円前後だろう。銃弾は一発一万円くらいだとされている。日下部はこの一年間に五〇丁近い拳銃を売りさばいていたことになる。

もっと高価な銃である可能性もあるが……。

個人の武器商人としてはいい稼ぎなのではないか。

ネットでラスダックを検索してみたが、なにひとつヒットしなかった。

別れてすぐで悪いが、上杉は堀の携帯に電話を入れた。

「なんです、もう淋《さび》しくなっちゃったんですか」

電話に出た堀が口のなかで笑った。

「株式会社ラスダックって知ってるか」

いきなり上杉は質問した。

「ラスダックですか……いえ、聞いたことないですねぇ」

まじめな声に戻って堀は答えた。

「申し訳ないが、暴対のデータベースを調べてもらえないか」

「いったん切りますよ」

しばらく待つと堀からの着信があった。

「反社のデータベースにはラスダックという法人は見あたりませんね。少なくともうちで把握している範囲にはその会社はないです」

「わかった。手間取らせてすまなかった」

「いえいえ、ではまたなにかありましたら」

明るい声で堀は電話を切った。

そうなるとこの法人にたどり着く手はない。

「待てよ……」

口座データを見返しながら上杉はつぶやいた。

仮に株式会社ラスダックが神奈川県内に本店を置く法人だとすれば探し出す方法はある。

県内の法人の商業登記簿は、横浜市と川崎市については中区の横浜地方法務局ですべて閲覧できる。また、その他の市町村に本店がある場合には藤沢《ふじさわ》市にある湘南《しょうなん》支局で閲覧できるのだ。

神奈川県内の法人であれば、本局と湘南支局の二箇所を訪ねればラスダックにたどり着ける。

上杉はコーラでポテトを流し込むと、一階のガレージに向かって外階段を下り始めた。

向かう先は横浜地方法務局である。

ラスダックの登記簿がここで見つからなければ、藤沢の湘南支局を訪ねるしかない。さっき相生町から戻ったばかりなのに、また横浜の中心部に向かうのは癪《しゃく》だった。

だが、中区北仲通《きたなかどおり》にある横浜地方法務局と神奈川県警は、直線距離では三〇〇メートルほどしか離れていない目と鼻の先だ。

本部に用事があることは少なくないのだから、苦にすべき距離ではなかった。

およそ三〇分後、上杉は横浜地方法務局が入っている横浜第二合同庁舎の前に立っていた。

目の前にはコンクリート造りのクラシカルな四階建ての建物が優雅なたたずまいを見せている。大正一五年（一九二六）に横浜生糸検査所として建てられた建物を解体後復元したもので、横浜市認定歴史的建造物となっている。その背後にランドマークとも言える地上二三階・地下三階の巨大な高層建築がそびえている。両方とも横浜第二合同庁舎で、農林水産省、厚生労働省、国土交通省など各省庁の機関が入居している。関東一円の海域をカバーする第三管区海上保安本部もこの建物内にある。平成五年（一九九三）に高層棟が建設された当時は、日本一大きな合同庁舎だった。

横浜地方法務局は高層棟の五階から七階に入っている。

上杉はエレベーターで七階に上がり、横浜市内の商業登記簿から株式会社ラスダックを会社名で探し始めた。

「あった！」

思わず上杉は叫んでしまった。

ラスダックが横浜市内の会社であったことはラッキーこの上なかった。

設立は令和三年一月一九日。本店は横浜市西区平沼《ひらぬま》二丁目、事業目的は食料品・衣料品・生活雑貨品の輸入および販売。精密機器の輸入。上記各号に附帯する一切の業務となっている。資本金額は一〇〇〇万円。

問題は役員だ。ここに掲載されている人物は、次の有力な手がかりとなるはずだ。

登記簿の役員欄に目を通した上杉は息を呑《の》んだ。代表取締役はハーヴェイ・ウィックソン。住所は……アメリカ合衆国、ワシントンD.C.、ワイリー・ストリート・ノースイースト×××番地となっている。

ほかの役員もすべてカタカナ氏名で外国人と思われる。

内国会社の代表取締役のうち、最低一人は日本に住所を有していなければならない。

この取り扱いは平成二七年の通知で廃止されていた。

つまり日本の法人は、すべての役員が外国に居住する外国人であってもまったくかまわないのである。

上杉は大きな失望感を覚えていた。

役員たちがひとりも日本に居住していないおそれがある。

だが、本店だけは横浜市内にある。

くじけずに上杉はこの本店を訪ねようと思った。

幸いにも平沼橋《ひらぬまばし》はここから四キロに満たない距離だ。

残り時間は少ない。できることはやるべきだ。

窓口で株式会社ラスダックの履歴事項全部証明書を発行してもらった。

現在の登記簿と内容に変わりはなかった。過去に登記事項の変更はまったくなかったことがわかった。

一五分もかからずに上杉は平沼二丁目に到着した。

相鉄《そうてつ》線の平沼橋駅南口に近い場所だ。ここもまた、CTGのある翁町と似た雰囲気を持っていた。商店や飲食店がほとんど見られず小規模オフィスビルとマンションばかりが目立つ。道路には人通りが少ない。

ただ、中心部から少しだけ離れているので地価が安いためか、マンションの規模が翁町よりもずっと大きくなっている。ビルとビルの谷間に古い一戸建ての家屋がぽつりぽつりと残っているところが目を引いた。

考えてみれば、日本中の都市周辺部がこんな雰囲気になっているのではないだろうか。

なんだか今日は狭い範囲の似たような街をぐるぐるとまわっているような気がする。会社ばかり訪ねているのだから仕方がないのかもしれない。

目指すラスダックは、茶色い外壁を持つ七階建ての中規模マンションの最上階にあった。一階にはジュエリーショップが入っている比較的新しくまずまず高級そうなマンションだった。

このマンションにはオートロックがあった。

上杉はインターホンで管理人室へ連絡して、警察官である旨を告げて解錠してもらうように頼んだ。

入口まで出てきた七〇歳くらいの管理人は上杉が提示した警察手帳を確認した。

「なにか事件ですか……」

管理人は目をしょぼしょぼさせながら訊《き》いた。

覇気のない感じの老人だ。

「そうじゃありません。このマンションに入っている会社に聞き込みに来ただけです」

「ご苦労さまです。帰りにまた声を掛けてください」

管理人に礼を言って、上杉は建物の端にあるエレベーターで七階に上がった。

濃い茶色の壁紙が貼られた屋内の廊下がずっと続いていた。

天井にはダウンライトが灯《とも》って、なんとなくシティホテルっぽい雰囲気だ。

見通したところ一〇部屋くらいが並んでいる廊下を、上杉はまん中方向へゆっくりと歩いた。

ラスダックは七〇五号室にある。

七〇一号室からどの部屋にも表札は出ていない。また、会社名などの表示も見あたらなかった。

七〇五号室も同じことだった。

表札も掛かっていなければ、社名表記もなかった。

上杉はシルバーグレーのアルミドアの横にあるドアチャイムを押した。

建物内部でチャイムの鳴る音が聞こえた。

だが、反応はなかった。

何度鳴らしても、なんの応答もない。

上杉はドアに耳を押し当てた。

室内からはなんの音もしない。

電気メーターがある程度の時間止まっていれば、その部屋には居住者などがいないことが多い。

だが、ここには電気メーターがないので確認できない。

おそらくは一括して管理されているのだろう。

上杉は一階まで下りてエレベーターホールの横にある管理人室を訪ねた。

管理人はテレビを見ながらお茶を飲んでいる。

「すみません、七〇五号室の部屋を見せてもらいたいんですけど」

受付窓から顔を覗《のぞ》かせて、上杉は丁重に頼んだ。

管理人は横のドアからゆっくりと出てきた。

「部屋を開けるんですか……」

「七〇五号室はラスダックっていう会社のはずなのに、室内から反応がないんです」

「住んでる人のＯＫがないとね」

管理人はきっぱりと断った。

見た目よりも意外としっかりした老人だ。

「わたしは警察官です。捜査の必要からお願いしています」

言葉に力を込めて上杉は言った。

「でも……会社に叱られます」

とまどいの顔で管理人は答えた。

「見せて頂くだけでいいんです」

重ねて上杉は力づよく頼んだ。

「困ったなぁ」

管理人は頭を掻《か》いた。

「もし室内で異常なことが起きていたらどうします？」

上杉は管理人をかるく煽《あお》ってみた。

「そ、そうですね……」

顔色を変えた管理人は部屋に入ってキーボックスに向かった。

管理人と一緒に七階に上がった上杉は、はやる気持ちで廊下を進んだ。

もしかすると、日下部が売った銃器の隠し場所かもしれない。

期待しつつ管理人がドアを解錠するのを待った。

「あれっ」

ドアを開けた管理人は叫び声を上げた。

目の前にガランとした室内がひろがった。

「使われていないようですね」

上杉の言葉に管理人は無言でうなずいた。

フローリングの室内には什器《じゅうき》も家具もなにひとつ置かれていなかった。

隣の部屋も同じことだった。

床にはうっすらとホコリが積もっていた。

しばらくの間、誰も入室していないことが推察できた。

空っぽの室内で上杉は敗北感を味わわざるを得なかった。

薄暗くなった頃、上杉は根岸分室に戻ってきた。

あの老人はこの四月から管理人を務めているそうである。

その時点で前の管理人から引き継いだ居住者名簿では、すでに株式会社ラスダックが使用していることになっていた。

あのマンションは賃貸だそうだ。だが、居住者の入れ替わりはわりあい少なく、トラブルもほとんどないそうだ。

念のために訊いてみたが、入口に設置した防犯カメラの映像は三ヶ月で上書きされてゆくそうである。

部屋に積もったホコリの状況から見て、ここ三ヶ月の間にラスダックに出入りした人間がいるとは思えない。防犯カメラの映像記録を見ても意味はないだろう。

上杉の捜査は暗礁に乗り上げた。

現時点で進める方向は見えてこなかった。

ラスダックの登記簿に代表取締役と記載されているハーヴェイ・ウィックソンなる人物を追いかけることも難しかった。

日下部が銃を売却した疑いがあるということだけで、ワシントンD.C.まで捜査の手を広げることは不可能だ。

捜査費用はともあれ、実効性も甚だしく疑問だ。

たとえ黒田刑事部長が依頼したとしてもコロンビア特別区首都警察が、すぐに動いてくれるとは考えにくい。

なによりも時間がない。X計画の発生を日下部が予告した一週間以内は六月一三日の月曜日で終わる。

最大に見積もってあと四日しかない。

逆に言えば、いまこの瞬間にX計画が勃発《ぼっぱつ》するおそれもあるのだ。

帰りがけに買ってきたコンビニ弁当を食べ終わると、上杉は捜査本部にいる佐竹管理官に電話を入れた。

「どうだ？　捜査状況は？」

「まったく進展していない。いまだに日下部のアジトも見つけられていない」

佐竹は冴《さ》えない声で答えた。

「捜査本部開設の初日でそんなに進展するはずがないだろう」

慰めるように上杉は言った。

「どうやって暮らしていたのか、日下部という男の交友関係もまったくわからん。そんな男が存在していたことすら、事実とは思えないくらいだ。ただひとつたしかなことは、いま司法解剖にまわっている遺体は存在するということだ」

自嘲《じちょう》気味に佐竹は言った。

「やっぱり日下部はミスターZで間違いないな」

「俺もそう思う。自分の生活の痕跡《こんせき》を残さないために最大限の注意を払っていたとしか思えない。ヤツが後ろ暗い生き方をしていた証《あかし》だ」

佐竹と上杉の考えはまったく同じだった。

「自宅からなにも出ないくらいだからなぁ」

これはきわめて異常なことだ。家宅捜索を徹底すれば、卒業アルバムなり友人とやりとりした手紙なり、居住者の過去を把握できるものが必ず見つかるものだ。

「そうなんだよ。前にも言ったが、自宅のPCからも有益な情報はなにひとつ見つかっていない」

「所持品なんかでは、なにか出なかったのか？」

「一〇万円ほどの現金と、キャッシュカード、クレジットカード、スマホしか持っていなかった。ベンツを購入したディーラーにも捜査員を行かせたが、三ヶ月前にいきなりキャッシュで買ったということしかわからなかった。ところで、上杉のほうはどうだ？」

「CTGは見つかったよ。消費者金融や振込代行サービスをしている街金だった」

「本当か」

佐竹は明るい声を出した。

「で、フロント企業の疑いがある会社だったんで、暴対課の堀って男と一緒に乗り込んだ。そしたら、実際に金を出してるのは横浜市内のラスダックって会社だった。CTGは単に振込代行をしていただけだ」

「そのラスダックってのが銃器を日下部から買っているのか……」

期待のにじんだ声で佐竹が訊《き》いた。

「おそらくそうだ。商業登記簿でラスダックを発見して、平沼の本店にも行ってみた。ところが……建物は空っぽだった」

「ペーパーカンパニーだったのか」

佐竹の声のトーンが下がった。

「珍しくもない話だがな。俺のほうはそこで手詰まりだ」

「登記簿に記載された役員からなにか辿《たど》れないのか」

「残念ながら難しい。役員はすべて外国人だ。代取の居住地はワシントンD.C.だ」

「ふぁーっ」

佐竹は奇妙な声を出した。

「ということで収穫なしだ……まぁ、刑事の仕事なんてそんなもんだろ」

「おまえは官僚だろ」

「いや、俺は刑事だ」

上杉の言葉を佐竹は無視した。

「進展があったら連絡する」

「俺もそうするよ」

続けて上杉は黒田部長に電話を入れて、今日の一日について報告した。

「ということでわたしのほうは暗礁に乗り上げてしまいました」

「そうか……捜査本部のほうも進展がないし、困ったな」

黒田部長は憂うつそうな声を出した。

「捜査本部の状況は佐竹から聞きました。もう一度考え直してみます」

「頼む」

言葉少ない黒田部長に申し訳なく思って上杉は電話を切った。

今夜は動きようがない。

上杉は冷蔵庫からビールを取り出してプルタブを引っ張った。

もう今日は運転しないと決めた。

月のうち半分くらいは自分のアパートに帰らず、ここのソファで寝泊まりしている。

ビールを流し込みながら、上杉はPCに向かった。

株式会社ラスダックの代表取締役であるハーヴェイ・ウィックソンの名前を検索してみることにした。

カタカナではすぐに行き詰まった。

続けてHarvey Wicksonで検索してみたが、こちらでもなにひとつヒットしなかった。

自分の力ではどうしようもないのかもしれない。

ソファに身を横たえると、上杉は横浜地方法務局でとってきたラスダックの履歴事項全部証明書を読み返した。

カタカナ名前の役員欄を見ているうちにひとりの男の顔がこころに浮かんできた。

上杉は身を起こしてテーブルからスマホを手に取った。

「はい、小早川《こばやかわ》です」

ちょっと高めの声が返ってきた。県警警備部管理官の小早川秀明《ひであき》の秀才っぽい顔が思い浮かんだ。

キャリア警視の小早川とは何度か一緒に事件を解決してきた。

同じ階級だが、小早川はかなり年下だ。

「いま電話大丈夫か？」

「今日は珍しく定刻で帰れたんですよ。夕飯を食べようと思ってたところです」

「元気にしてたか？」

「ええ、風邪ひとつ引いてません……どうしたんですか、上杉さんからのお電話なんて、ちょっと久しぶりですよね」

けげんな小早川の声が耳もとで響いた。

「おまえに力になってほしいことがあってな」

「僕でお役に立てることなら」

愛想のいい声で小早川は答えた。

考えてみれば、上杉は小早川に助けてもらうことが多かった。

「実はある事件の関係で、西区平沼にある株式会社ラスダックという法人の実態に迫りたいと思ってるんだ。ちなみにこの会社は反社データベースには載っていない」

「なるほど」

「ところが、この法人は役員の全員が外国人で、代取はワシントンD.C.に住んでる」

「七年くらい前からそんな運用になりましたね」

驚くようすもなく小早川は答えた。

さすがに法律やその運用には詳しい。

「で、この会社の役員のうちひとりにでも迫ることができればと思ってるんだ」

「つまり、その役員たちの名前を僕に調べろとおっしゃるんですね」

「忙しいか？」

「まかせてください。明日《あした》と明後日《あさって》は休みですからね。時間はたっぷりあります。さっきも言いましたけど、珍しく忙しくないんですよ」

「ありがたい。こういうことはやっぱり小早川でないとな」

「正直言って得意分野です」

小早川はてらいなく言った。

この男は自分が優秀であることを実感できるのがいちばんの生きがいなのだ。

出世欲とも名誉欲とも違う。

そのあたりはさっぱりしていて、上杉は好感を持っていた。

「じゃあ履歴事項全部証明書をデータにして送る」

「了解です。でもあんまり期待しないでくださいね。ヒットするかどうかは約束できません」

「頼むよ、いま俺は打てる手がなくなってるんだ」

「上杉さんらしくないですね。明日の朝には連絡します」

「ああ、待ってるぞ」

上杉は電話を切ると、もう一缶のビールを開けた。

意外に近いところで根岸線の警笛の音と車輪の通過音が響いた。

電車の音がこんな風に近く聞こえる日は雲が低い。

上杉のこころにも低い雲がかかっているようだった。

第三章　たくらみ

【1】

激しい渓流の音が響いている。

古い温泉旅館のどこまでも続く廊下を、上杉はなにかを追って急いで歩いていた。

だが、廊下は途中でいくつにも分かれていた。

いったいどっちへ進めばよいかわからない。

このままでは追いつけなくなる。

わけのわからない夢は着信音で破られた。

大判のコットンブランケットをはねのけて上杉はソファから飛び起きた。

「はい、上杉」

なんとかまともな声を出そうと努めて上杉は電話に出た。

「おはようございます。すみません、お休みでしたか」

申し訳なさそうな小早川の声が聞こえた。

掛け時計を見ると午前七時を過ぎている。

「いや、起きたから大丈夫だ」

上杉はあまり理屈にならない答えを返した。

「おもしろいことが見つかりましたよ」

小早川の声は弾んでいた。

「話してくれ」

返事をしながら、上杉は起き上がってデスクの椅子に身を移した。

「株式会社ラスダックの監査役はジェームス・エインズワースという名前ですよね？」

「ああ、たしかそんな名前だったな」

机上の履歴事項全部証明書を手にとって、上杉は監査役欄に目を移した。

小早川の言葉には間違いがない。

「このエインズワース氏は英国人でロンドンの高級住宅地であるウェスト・ブロンプトン地区に住んでいます」

上杉は驚いた。

「なんでそんなことがわかったんだ？」

「実はエインズワース氏の名前では二件しかヒットしなかったんですが、彼はリチャード・アッカーソンというペンネームを持っています。こちらでは無数のサイトが引っかかりました」

「作家なのか」

「小説執筆などの創作活動はしていないようです。文化評論家でありジャーナリストなんです。欧米の雑誌や新聞などのメディアにたくさんの記事を書いている人です。リチャード・アッカーソンについて触れたサイトはすごくたくさんあります。ですが、幸いにもふたつのサイトだけがアッカーソンの本名を載せていました。いや、よかったですよ。もちろん同姓同名の別人である可能性はありますがね」

　小早川の声は得意げに響いた。

「どうしてジャーナリストが食料品、衣料品、生活雑貨品、精密機器の輸入をやっている日本法人の監査役に就任しているんだ？」

「さぁ、そこのところは僕にはわかりません。代表取締役のハーヴェイ・ウィックソン氏に頼まれただけじゃないですか。どだい日本の中小企業の監査役なんてのは名前だけのことが多いですから。実質的な経営者である代取の配偶者が監査役ってパターンは腐るほどありますからね」

「まぁ、そうだな」

　そもそも会社というのは登記されている内容とはかけ離れた実態を持ち、活動していることが少なくはないのだ。

「さらに興味深い記事を見つけたんですよ」

　小早川の声がいっそう高くなった。

「どんな記事だ」

　上杉は声に期待をにじませた。

「ここ一年ほどリチャード・アッカーソン氏が攻撃している人物がいるんですよ」

「いったい誰なんだ？」

「エンゾ・マンベレ博士という文化人です。作家であり詩人です」

　上杉はまったく知らない名前だった。

「聞いたことのない名前だぞ。どこの国の人だ」

「出身国は中央アフリカ共和国です」

「政情不安定な国だな。たしかアフリカ大陸のど真ん中にある」

　非常にまずい状態の国家であることは、上杉もぼんやりと覚えていた。

「そうです。失敗国家に数えられています。フランスの植民地から一九六〇年に独立したのですが、クーデターが何度も繰り返されていて中央政府の国民支配は非常に微弱です。このため治安が非常に悪化しています」

「失敗国家というのはすごい形容だな」

「破綻《はたん》国家とも言いますね。国連は後発開発途上国に指定しています。国内に鉄道はなく、舗装道路もほとんど存在しません。アフリカでも最貧国のひとつです。それ以上に問題なのは国民の生命が常に脅かされていることです。二〇二〇年一二月以降、政府軍と武装勢力の間で紛争が再燃し国中で戦闘が行われていて、五〇〇万人弱の国民の三分の一が自らの生命を守るために国内外のあちこちに避難を繰り返しています。医薬品はもちろん、水も食料も常に不足していて日々多くの人が亡くなっています」

暗い声で小早川は言った。

「そんな状態だったとは……」

上杉の声も沈んだ。

「エンゾ・マンベレ博士は今年、六七歳になります。二〇一五年にはノーベル文学賞候補にも挙がったことがある文学者です」

「そうなのか」

まったく知らなかった。

「マンベレ博士は、故国である中央アフリカ共和国の悲惨な国情を、詩や小説に描き続けました。精緻《せいち》なリアリズムと豊かなリリシズムの絶妙なバランス。美しい物語を支えるのは、常に故国への深い愛と貧困が生み出す暴力への憎しみです。その熱い魂の叫びは、読む人のこころを捉《とら》えて放さないのです」

小早川はあたかも酔っているかの如《ごと》く言葉を連ねた。

「意外だな、小早川が文学などに詳しいとは知らなかった」

上杉の本音だった。

たしか小早川はドルオタではなかったか。

「いや……僕は英訳されている『深淵《しんえん》のダイヤモンド』という長編小説を一冊読んだだけですがね」

ちょっと照れたように小早川は言った。

「とにかくえらい文学者なんだな」

「そうです。マンベレ博士は、もともと富裕なダイヤモンド商人の一族に生まれ、若き日にパリのソルボンヌ大学に留学して助教を務め、日本で言うところの文学博士号を取りました。その後、故国に帰ってバンギ大学の教授となり、創作活動を続けていました。二〇一三年のクーデターで当時のボジゼ政権がムスリムを主体とする武装勢力セレカの攻撃によって瓦解《がかい》した後、フランスに亡命しました」

「中央アフリカ共和国の内紛には、やはりキリスト教とイスラム教の対立が根っこにあるのか」

　上杉はうなり声を出した。

「はい、マンベレ博士もカトリック信徒です。二〇一三年以降はムスリム系の政権が生まれましたが、現在は民選で選ばれたムスリム系ではない数学者のトゥアデラ大統領の政権が統治しています。しかし、国内が混乱のさなかにあるのはさっき言ったとおりです」

「俺の理解を超えそうな話が続いているな」

　正直、紛争地域の現状について、上杉の知識は貧弱だ。

　それではいけないと思いつつも、国内の事件に面と向かって渾身《こんしん》の力を注がなければならない日々を送るなかでは、諸外国にゆっくりと目を向けていられないのは事実だった。

「ここからがおもしろいんですが……」

　小早川はちいさく笑った。

「もったいぶらないで話せよ」

「エンゾ・マンベレ博士はある犯罪組織を真っ向から批判しているんです」

急に興味が湧いたから現金なものだ。

「麻薬シンジケートか、あるいはマフィアかなにかか」

「違います。ちなみに中央アフリカ共和国には、ケシなどの栽培に向かない土地柄のためか麻薬問題は発生していません」

「いったいどんな犯罪組織なんだ」

身を乗り出すようにして上杉は訊《き》いた。

「《ディスマス》と呼ばれる組織です」

上杉の心臓は何者かにわしづかみされたように収縮した。

「えっ！　『強盗聖人』か」

思わずスマホを取り落としそうになった。

「そうです。よくご存じですね。聖書に出てくる『強盗聖人』と呼ばれる聖人ディスマスの名前を冠した国際的犯罪組織です。《ディスマス》は、さまざまな犯罪によって得た莫大《ばくだい》な金をアジア、アフリカ、ラテンアメリカの被支援国に配っています。それも国家に対してではありません。ウガンダの基幹医療機関やロヒンギャなどの難民キャンプなどには、医薬品や医療機器などを直接援助しています。彼らは『先進国から搾取されている第三世界を救う』ことを標榜《ひょうぼう》しているために聖人を名乗っているそうです」

小早川は得意気な声で言った。

上杉の胸に《ディスマス》の情報をくれた何人かの顔が次々に浮かんでは消えた。

「そうらしいな……」

乾いた声で上杉は答えた。

「実態は不明ですが、相当大きな組織らしいですね。僕がつかんだのはこれくらいですが」

小早川は《ディスマス》が暗躍したあの事件を知らないはずだ。

あれから何年か経ち、まったく謎の存在だった《ディスマス》もある程度の情報が漏出しているという。しかし彼らのリーダーはもちろん、メンバーや根拠地なども謎のままだった。

「で……マンベレ博士は《ディスマス》をどんなかたちで批判しているんだ？」

非常に興味深い内容だった。

「簡単に言うと『《ディスマス》は、中央アフリカ共和国の紛争に際して武装勢力に対しても食料や水、医薬品や医療機器を援助している。紛争を終結させるためにとるべき手段ではない。彼らの援助行為はまごうことなく偽善であり、人々の苦しみを長続きさせるばかりだ』という批判です」

「なるほどな。たしかに偽善だろう」

「さらにこうも言っています。『犯罪行為によって無辜《むこ》の民から奪った金はしょせんは汚れた金である。その金が誰かの助けになっている蔭《かげ》には被害を受けた人々の苦しみが積み重なっている。そんなものを神が認めることはない。聖人の名を汚す行いを直ちに止めなければならない』……まぁ、これは《ディスマス》に対する一般的な批判論と同じ論調ですが」

「続けてくれ」

「マンベレ博士のこの批判は、アメリカ合衆国の知識人を中心に大きな支持を得ています。結果として、世界中の被支援国は《ディスマス》に対して断固たる態度をとるべきだという意見がひろがっているのです。米国を中心に《ディスマス》排斥運動が起こりつつあります」

「そうか、そうなんだな」

「この運動により多くの機関が《ディスマス》の援助を受けにくくなっています。いままで、国によってはあえて《ディスマス》のヘリコプターや船舶の侵入を見て見ぬふりをしているケースがあったのです。マンベレ博士はこうした国家の態度は紛争解決にはマイナスだと批判しています」

「彼の言うように犯罪を原資にしている人道的な支援などあり得るはずもない。俺も博士の意見には賛成だ。《ディスマス》なんかをはびこらせちゃいけない」

上杉は、絵画の偽造やワシントン条約で規制されている動物の輸出入などで儲《もう》けた《ディスマス》の話を思いだしていた。それ以上に、彼らの行動の陰で死んでいった人間の姿はいつまでも忘れることはできなかった。

「もちろん、その通りです。ところが、リチャード・アッカーソン氏はおもにイギリスの新聞や雑誌で、このマンベレ博士の見解を批判しています」

上杉の意識は急に現実に戻された。

「どんな批判なんだ？」

「現在、中央アフリカ共和国で武装勢力と呼ばれるのはムスリム側です。反対勢力は政府なので武装勢力とは呼びません。『マンベレ博士の意見は、とどのつまりはムスリム勢力を滅ぼせという主張にほかならない。キリスト教至上主義に過ぎない』という批判です」

不快そうに小早川は言った。

「うーん、アッカーソンの主張の根拠は理解できるが、かなりひねくれた見方かもしれんな」

「そうですよ。たとえば我が国でムスリムの反政府勢力が警察や自衛隊を攻撃してきたとき、その勢力に食料や医薬品を支援する者を肯定する余地はありません。宗教うんぬんの話ではないでしょう」

小早川が口角泡を飛ばしているようすが電話の向こうに感じられた。

「ま、現実味はまったくないが、そういうことだな」

「アッカーソン氏はもっと意地の悪いことも言っています」

「どんなことだよ」

「『マンベレ博士はキリスト教信徒だから、二〇一三年のクーデターで自分が殺されると思って命からがらパリへ逃げ出した。つまり国を捨てたわけだ。そんな人間が祖国愛を題材に小説などを書き、ノーベル賞候補になっているのは噴飯物だ。博士の行いこそまさに偽善だ。同じようにヨーロッパで教育を受けた同世代のトゥアデラ大統領は自らの生命の危機を顧みずに自国に留《とど》まって戦っている。マンベレ博士はトゥアデラ大統領の爪の垢《あか》でも煎《せん》じて飲むがよい』というような辛らつな批判です」

またも小早川は不愉快そうに言った。

「国を愛する者の戦い方はさまざまだろう」

「アッカーソン氏の批判に対してマンベレ博士はなにも反論していません。一部ではアッカーソン氏に賛同する声も大きくなっているようです。つまり、『マンベレは偽善者だ』という声です。僕はとても悔しいです」

「そうだな、それこそ英国人のアッカーソンは余計な口出しをするべきじゃないな」

上杉はなだめるように言った。

「ところで、マンベレ博士について重要な情報があります」

またも小早川は出し惜しみをする。

「さっさと教えてくれ」

「なんと、マンベレ博士が来日するのです」

「いつのことだ」

上杉の声が高くなった。

「もうすぐです。明日の日曜は京都大学で、明後日《あさって》の月曜日にはなんと横浜で講演をします。日本には一泊しかなさいませんが、僕は月曜の横浜講演に行こうと思ってるんですよ。なんとか休みとれそうなんで」

楽しそうに小早川は言った。

上杉の胸にきな臭いものが走った。

「ちょっと待ってくれ。それはきわめて重要な情報かもしれない。マンベレ博士は横浜のどこで講演するんだ？」

「月曜日の午前九時からパシフィコ横浜国立大ホールで開催される、日本学術文化会議の公開シンポジウムで基調講演を行う予定になっていますよ」

小早川は不思議そうに言った。

上杉がなぜこの話に食いついたのか皆目わからないという声だった。

「考えを整理するからいったん切る。小早川、今日は家にいるか」

焦った声で上杉は訊《き》いた。

「ええ、一日、動画ざんまいしようと思ってますが……」

けげんな声で小早川は答えた。

「また電話する」

電話を切った上杉の額に、じんわりと汗がにじみ出ていた。

多くの情報がいっぺんに流れ込んできて頭が混乱している。

上杉は冷蔵庫からミネラルウォーターを取り出して口をつけた。

まずは頭を冷やさなければならない。

机の前でしばらく考えていた上杉は、スマホを手に取った。

いまの内容は一刻も早く黒田部長に伝えなければならない。

「おはよう、なにかわかったか」

耳もとで黒田部長の声が響いた。

「ちょっと気になる話を警備部の小早川管理官から聞きまして……」

マンベレ博士とアッカーソンとの対立や《ディスマス》について小早川から聞いた話を、上杉は細大漏らさず話して聞かせた。

低い声でうなりながら、黒田部長は上杉の話を聞いていた。

「きわめて重要な情報だ。上杉くん、君の考えを聞かせてくれ」

黒田部長は厳しい声音で言った。

「部長は《ディスマス》についてはご存じですか」

慎重に上杉は訊いた。

「詳しいことは知らない。以前、国内で《ディスマス》が暗躍した事件があったとは聞き及んでいるが、そのほかは小早川くんが話した程度のことを知っているだけだ」

やはりあの情報は政府によって握りつぶされたのだ。

だが、あのとき起きた事実をここで話しても、かえって混乱させるだけだ。

「わたしは《ディスマス》が、目的のためには手段を選ばない凶悪な犯罪者たちの集団であると認識しています」

モロッコでとんでもない襲撃を受けた上杉は、《ディスマス》のやり口を知っている。

「うん、それは否定できまい」

「そのことを前提に考えた仮説があります」

「ぜひ聞かせてくれ」

「あくまで仮説です。推察の域を少しも出ていない話なのですが……」

自分の仮説は突飛なのかもしれない。上杉は言いよどんだ。

「かまわん。思いついたことを自由に話してくれ」

ふたたび黒田部長は促した。

上杉はゆっくりと口を開いた。

「博士を批判しているリチャード・アッカーソンことジェームス・エインズワースは、日下部が銃を密売していたラスダックの監査役です。日下部を撃った狙撃《そげき》犯と関連があると考えることもできます」

「関連があるというより、アッカーソンは狙撃犯への銃器の供給者一味と考えるのが自然だろう」

黒田部長は上杉の意見に全面的に賛成のようだ。

「アッカーソンがマンベレ博士批判をしているのも、彼が《ディスマス》のメンバーかもしくは協力者だからと考えてもいいでしょう」

「おそらくはそうだ」

「《ディスマス》を批判し、合衆国を中心に賛同者を増やしているマンベレ博士が来日する。しかも神奈川に来る。最悪の事態が予想できます」

「話してくれ」

「神奈川に来たマンベレ博士を《ディスマス》の息の掛かった狙撃犯が暗殺するという図式です」

電話の向こうから黒田部長の息を呑《の》む音が聞こえてきた。

「そんな事態が発生すれば、警備に当たるべき神奈川県警の拭《ぬぐ》いがたい『恥辱』となるに違いありません。世界的にも批判を浴び続けている《ディスマス》を論難しているマンベレ博士。しかもノーベル文学賞の候補だった世界的な文学者です。そんな事態が発生すれば世界じゅうの批判が神奈川県警に向けられてもおかしくないです。追いかけているX計画は、これなのではないか……というのがわたしの仮説です」

上杉は息を吐いた。

「君の仮説は八〇パーセント以上の確率で正しいと考えられる。わたしはいまから警備部長にマンベレ博士の警備態勢を確認し、場合によっては強化してもらうことを依頼する。上杉くんはいま根岸分室かね？」

「はい、そうです」

「そのまま待機していてくれ。一時間以内に電話する」

「了解致しました」

電話は切れた。

上杉はシャワーを浴びてカップ焼きそばを食べると、ネットでマンベレ博士の講演についての記事を探した。

今回の講演を主催している日本学術文化会議のサイトに詳しい予定が載っていた。

三〇分ちょうどくらいに着信音が鳴った。

「マンベレ博士に特別の警備態勢は敷かれないそうだ。彼は国賓や公賓ではなく、ただの文学者に過ぎない。また、いままでにマンベレ博士が狙われた過去もない。警備をつける理由がないと言われた。このままだとパシフィコ横浜の講演のときに限って戸部《とべ》署の警備課と地域課が警戒態勢を敷くだけになりそうだ。もちろん、マンベレ博士のためではなく、大きなイベントゆえの通常警備だ」

黒田部長の声は暗かった。

「そうなのですか」

上杉も声に力が入らなかった。

考えてみれば、村上春樹《むらかみはるき》氏に特別な警備が簡単につくとは思えない。

「そもそもノーベル賞は直木《なおき》賞・芥川《あくたがわ》賞などと違って公式の候補というものは存在しない。ノーベル賞は秘密選考で、選考過程は五〇年後に公開される。候補を発表しているのはロイター系のマスメディアだ」

「知りませんでした。では、警備部ではなんら対応しないという判断ですか」

「脅迫状でもあればもちろん警備態勢を敷くが、そんな仮説に対応できるほど警備部はヒマじゃないと言われたよ」

不愉快そうに黒田部長は言った。

「一介の警視風情の意見ですからね。相手にされなくてあたりまえですよ」

上杉は力なく言った。

警備部長は黒田部長と同じく警視長である。

しかも部長としては警備部長のほうが格上だ。

「いや、わたしの意見として伝えた。本牧山頂公園駐車場の殺人事件の話もした。だが、ひとつひとつの事実をつなげるのには無理があると言われた。マンベレ博士の暗殺など荒唐無稽《こうとうむけい》だと言うんだ」

悔しげな黒田部長の声音だった。

「理屈は通ってると思うんですけどね」

上杉は口から息を吐いた。

「警備部長はわたしの二期上だからね。わたしの意見なんぞ最初から馬鹿にしてるんだ」

気弱な声に聞こえた。

「部長、今後、どうしますか」

上杉は進むべき道がわからなくなっていた。

「わたしは……いま、つまらないことを考えている」

心なしか黒田部長の声が弾み始めたような気がする。

「君は今日のランチは決まっているかね」

とつぜん黒田部長は見当違いのことを言い出した。

「いえ、今日の行動が未定ですので」

警備部に無視されて予定はまったくなくなった。

近くのラーメン屋でビールを飲みながら、チャーハンでも食べようかと考えていた。

「ランドマークプラザに《美の沢《みさわ》》という京懐石料理店がある。そこでランチはどうかね」

「もちろん伺います」

黒田部長と会って意見交換をするのは悪くない。

「君の仮説に間違いはない。X計画は実行されるおそれがきわめてつよい。我々はどうしても防がなければならない。だが、警備部は動かない。わたしになにができるか考えてみたいんだ」

「ご一緒させてください」

「ぜひ、頼む。そこで、君の信頼できる優秀な警察官を何人かセレクトしてくれないか」

黒田部長は奇妙なことを言い出した。

「はぁ？」

「彼らの意見を聞きたいんだ。部署や階級にはこだわらない」

黒田部長の真意はわからないが、上杉はなんだか嬉《うれ》しくなってきた。

「まずは小早川ですね。今回の件であの男の力は必要です。続いて真田夏希《さなだなつき》。かつて大きな事件で何度も知恵を借りました。彼女の頭脳はピカイチです。それから織田《おだ》ですか。ついでに今回の件に首を突っ込んでる堀も入れときます。佐竹は捜査本部があるから無理ですね」

「警備部の小早川管理官は優秀だ。警備部所属の彼には気の毒だが……。まぁ、ランチを強制するつもりはない。真田くんにはぜひ来てもらいたいな。織田くんは立場上、呼ばないほうがよさそうだ。堀くんというのは暴対の主任だったね。問題ないだろう。君の言う通り、佐竹くんは無理だ。捜査本部の中心だからね。わたしも本部に後で顔を出すが、捜査は進展していない。彼には捜査に専念してもらわなければならない」

佐竹は動けるはずがなかった。

「たしかにそうですね。X計画の暗殺者が日下部殺しの犯人と同一という保証はどこにもありませんから」

「そうなんだ。敵が単独犯とは限らない」

「佐竹には本牧署で頑張ってもらいましょう」

「ところで、本来は公休日だ。今日のランチは仕事ではなく懇親会だよ。小早川、真田、堀くんの携帯番号を知っているかね？」

「ええ、全員わかります」

「わたしがみんなを招待しよう」

「部長がお電話なさるんですか？」

上杉は驚きの声を上げた。

「ああ、わたしが個人的に頼むんだ。電話するのはあたりまえだろう」

平然と言っているが、皆、肝をつぶすに違いない。

警察組織内ではあり得ない話だからだ。

「では、あとで連中の番号をメールします」

「頼む。予約はわたしが取る。急な話でみんな予定があるかもしれないが」

「小早川は自宅にいると言っていました。堀はどうせヒマです。真田はわかりませんが」

「午後一時でどうかな」

「けっこうだと思います。あとひとつお願いがあります。わかる範囲でかまいませんので、マンベレ博士の移動ルートを調べて頂きたいのです。敵が襲撃してくる場所を考えてみたいと思います」

「わかった。今回の博士来日を主導している団体があるはずだ。そこから情報を入手してあとでメールする」

「ありがとうございます」

「では、後ほど」

「よろしくお願いします」

電話を切った上杉は、ソファに身を横たえた。

黒田部長は不思議な人物だという思いを新たにした。

まったく以《もっ》て官僚らしくない。

だが、上杉はいままで以上に黒田という人間が好きになった。

今日のランチが楽しみになってきた。


【2】


京懐石《美の沢》はランドマークタワーの四階にある比較的大きな店だった。

黒田部長は個室をとっておいてくれた。

大きな黒漆塗りのテーブルが部屋の中央を占めている。

煎茶《せんちゃ》とお茶うけの干菓子が置かれている。

ひととおり話が終わるまで料理を運ぶのは待ってもらっているらしい。

部屋の二方は窓ガラスで覆われ、御簾《みす》が下がっていた。

正面の右手には、三日前に黒田部長からX計画の話を初めて聞いたコスモワールドの大観覧車が見えている。

部屋の右側には狭いながらも床の間のスペースが造られている。

あの場で決まった全員が顔をそろえていた。

奥の窓側上座に黒田部長、その隣が上杉だった。

部長の正面は小早川、上杉の正面に夏希が座っていた。

堀は遠慮して、入口側に補助的に置いてもらった座椅子に座っていた。

本来は四人部屋のようだが、五人でもじゅうぶんに座れるスペースがあった。

黒田部長は全員を見まわしてゆっくりと口を開いた。

「みんな急に呼び出したのに集まってもらって恐縮だ。電話でも話したが、今日は懇親会だ。職務ではない。立場を忘れて自由に発言してもらいたい」

一同はそろって頭を下げた。

夏希たち三人の顔には緊張感が漂っている。

ふだん彼らは刑事部長とは直接口をきくことはない。

上杉も本来は同じ立場だ。警視と警視長は二階級差だが、天地ほどに身分が違うのだ。

「ただひとつお願いしたいことは、この場で出た話はほかの誰にも話さないでほしい。話すことで県警内部に要らぬ混乱を呼ぶことをおそれる」

黒田部長は厳しい表情で告げた。

「もちろんです」

上杉が代表するように答えた。

「ではまず、現在わたしが憂慮していることから話したい。が、その前に上杉くんから、今回の問題の発端から君の捜査でわかったことまでを話してもらいたい」

黒田部長はまず上杉に話を振った。

「X計画に触れてもよろしいですか」

そこを話さないと、今日の会食の意味はない。

「もちろんだ。この場ではなにを話してもいい。上杉くんが信頼するメンバーだ」

黒田部長はにこやかに答えた。

「ありがとうございます。実は事件の発端は、七日の火曜日に本部に掛かってきた一本の電話でした。これは重要な内容に触れたタレコミでした……」

上杉は、本牧山頂公園駐車場で日下部定一が狙撃《そげき》犯によって射殺されたこと、日下部の口座取引から小早川の協力を得てリチャード・アッカーソンという英国人のジャーナリストにたどり着いたことまでを話した。

夏希、堀はもちろん、小早川も驚きに目を見張っている。それぞれ話の全部または一部を、いま初めて耳にしたのだ。

「事実確認を続けよう。小早川くん、アッカーソン氏とマンベレ博士について頼む」

黒田部長はしぜんと司会役となっている。

「はい、ではお話しします。まずはマンベレ博士という文学者についてです……」

頰を紅潮させて小早川は話し続けた。

小早川は上杉に話したのと同じ内容を昨日より要領よく話した。ここに呼ばれると聞いて整理したのだろう。

「え……《ディスマス》って……」

夏希はかすれた声を漏らした。

小早川の話が《ディスマス》に及んだとき、夏希の顔色が変わった。

身体が小刻みに震えている。あのときの恐怖がよみがえってきたものに相違ない。

「県警が現在、どんな状況に置かれているのか理解できたと思う。日下部定一が我々に伝えてきた『一週間以内に神奈川県警にとって拭《ぬぐ》いがたい恥辱となるような大きな事件が起きる』という言葉の解釈についてだ。わたしは仮にX計画と呼んでいる。これについて上杉くん、話してくれ」

黒田部長の声が張り詰めたものとなった。

「はい、ひと言で申しますと、神奈川に来たマンベレ博士を《ディスマス》の差し向けた狙撃犯が暗殺する。X計画の中身はこれではないかということです」

上杉の言葉に夏希たち三人の表情がこわばった。

「マンベレ博士は関西国際空港着の飛行機で明日来日します。初日は京都大学で講演をして夜に神奈川入りします。宿泊先は《ザ・カハラ・ホテル&リゾート横浜》です。翌日は九時からパシフィコ横浜で講演をした後、山下《やました》公園やマリンタワーを散策して羽田《はねだ》空港から夜の飛行機でパリに発《た》ちます。県内は新幹線の新横浜《しんよこはま》駅から羽田空港行きのクルマに乗るまでと考えていいでしょう。この間に博士を守るのが我々に課せられた責務です」

しぜんと上杉の声の調子は高くなってしまった。

「わたしは、上杉くんによるX計画の解釈は八〇パーセント以上の確率で正しいと思っている。それゆえ、今朝、警備部長にマンベレ博士を守るための警備態勢を敷くようにお願いした。だが、マンベレ博士は国賓でも公賓でもなく、ただの文学者に過ぎないので特別の警備態勢は敷けないとの回答を得た」

悔しげに黒田部長は言った。

「そんなのひどいです」

夏希が怒りの声を発した。

いくらか眉《まゆ》がつり上がっている。

「そう、わたしもひどいと思う」

黒田部長は大きくうなずいた。

「もしマンベレ博士の身になにかあったら、日本の恥です」

目を怒らせて夏希は言った。

「僕もまったく同じ意見です。日本人はノーベル文学賞候補にさえなった文学者を軽んじて扱った。文化・文学に対しての敬意のない国民だと言われてしまいますよ。警備部が動かないなんて理解できません」

小早川は憤然とした調子で言って鼻から息を吐いた。

なかなかいい男だなと上杉は感心した。

ほかの者と違って、小早川は警備部所属だ。そのトップである警備部長の方針に真っ向から異を唱えているのだ。上杉たちを信頼しているのだろうし、信頼している者の前で本音を口にできる人間は美しい。

真田夏希は、もともと嘘のつけないバカ正直な人間だ。

「上杉くんの話に、ひとつ追加情報がある」

黒田部長に全員が注目した。

「佐竹管理官からだ。捜査本部では、本牧山頂公園駐車場で日下部定一を殺害した犯人は《グレーシャーク》というスナイパーではないかと推察しているということだ」

「《グレーシャーク》……たしかヨーロッパで何件もの暗殺を実行したスゴ腕のスナイパーですね。捜査本部はなぜそのように推察しているのですか」

上杉の問いに黒田部長は静かに口を開いた。

「今回の事件の犯人は、五〇メートルほどの距離に建つ《プルミエ本牧》というマンションの屋上から日下部を射殺している。マンションには昼の間に訪問客か宅配便のドライバーなどを装って侵入したと思われる。その際に外部とつながるドアの鍵《かぎ》を壊している。使用した武器は、ストックすなわち銃床は取り外し式だと考えられる。ストックを外せばディパックなどで簡単に持ち運べるからだ。人目に立つアサルトライフルなどを使わず、この手口を頻繁に用いるのが《グレーシャーク》だそうだ」

「スゴ腕のスナイパーが入国しているとなると、やはりX計画の実行は間違いなさそうですね」

渋い声で上杉は言った。

「残念ながら否定する材料がない」

黒田部長は暗い顔でうなずいた。

「なんとしても《グレーシャーク》からマンベレ博士を守らなければ」

上杉の言葉にうなずいた黒田部長は、急に明るい表情に変わった。

「そこで、わたしはおかしなことを考えた」

黒田部長はおもしろそうに笑った。

上杉もほかの三人も黒田部長に注目した。

「マンベレ博士警備本部を結成したい」

さも愉快そうに黒田部長は言った。

「はぁ……?」

上杉には言葉の意味がわからなかった。

「あの……どういうことでしょうか」

小早川も同じらしい。

全員を見渡してゆっくりと黒田部長は口を開いた。

「警備部には内緒で、マンベレ博士をひそかに警護するんだ」

黒田部長の声は朗々と響いた。

「そんな……」

夏希は言葉を呑《の》み込んだ。

「そんなことをなさったら、部長がお困りになるのではないですか」

小早川が気遣わしげに尋ねた。

警備部長を無視して刑事部長が警備態勢を敷くなど、あり得ない話だ。

もし公になったら、黒田部長の首は危ういかもしれない。

少なくとも警備部長がどんな意趣返しをしてくるか。

「わたしは自分の立場などどうでもいいと思っている。おそらくは君たちだってそんな風に生きているのではないかね。X計画が実行されたら、県警の恥どころではない。日本の恥だ。それ以上に、すぐれた人物を世界は失うことになる。もっと恐ろしいのは《ディスマス》がさらに力を強めることになりかねないことだ。立場を恐れてなにもしなかったとしたら、どんなに後悔するだろう。いまのポジションにいてできることをしなければ、わたしは死ぬまで苦しむだろう」

しんみりとした声で黒田部長は言った。

「部長のお志に感銘を受けました。少しでもお力になりたいです」

上杉の本音だった。

ほかの者たちもいちように頷いた。

「ありがとう。上杉くん、頼りにしている。ところで君は、暗殺者はマンベレ博士をどの場所で狙うと考えているかね」

黒田部長は上杉の顔を見て訊《き》いた。

「《ディスマス》が博士の来日時を狙ったのにはふたつの理由があると思います。ひとつは日本の要人警護態勢が合衆国等と比べて非常に脆弱《ぜいじゃく》だということです。銃器国家ではない我が国では、ことに狙撃《そげき》犯への対応には不慣れです」

「残念ながら、それは事実だ」

苦々しげに黒田部長は言った。

「さらにもうひとつはデモンストレーションです」

夏希がハッとした顔で上杉を見た。

「《ディスマス》は、自分たちを論難する者は死を以《もっ》て償うことになると世界中の人々を威迫し、批判者たちの口をとじさせたいのです。さらに自分たちがいかに恐ろしい存在であるかを世界の人々に示威したいのです。そのためには物騒な事件が多い欧米よりも、おおむね平和な日本を選びたい。報道の扱いも大きくなります。そうした観点からX計画を考えてみました」

上杉は言葉を切って一座を見まわした。

「マンベレ博士が来日してからの移動ルートを確認してみたのですが、博士は新幹線からホテルへハイヤーで移動し、翌朝はパシフィコ横浜から山下公園へと動きます。襲撃すべての予定を終えたあと、ふたたび車中の人となって羽田空港へ向かいます。襲撃場所を神奈川県内と限定した場合、このルート上でいちばん人目について危険なのはパシフィコ横浜国立大ホールに出入りする場面。ことに講演を終えて退場する一瞬が危ない。絵になる場面ですから報道陣のカメラも集中します。ディスマスにとっても最高のステージになると考えます。デモンストレーション効果が非常に高いですから。博士にはほかの退出者や報道陣、野次馬のいない裏口を使って入退場して頂きます」

上杉はほかの出席者をみまわして言葉を継いだ。

「次に危険なのは山下公園です。ここもまた絵になる場所です。わたしはこの二箇所を重点的に警備すべきものと考えます。ただし、公園内でも多くのエリアは樹木が邪魔になって遠距離からの狙撃は困難です。また、絵になる場所は限られます。《グレーシャーク》が狙うとすれば入口近くの噴水広場かその隣のバラ園付近だと考えられます。しかし、博士の講演以外の予定は公表されていないので危険性は格段に低いと思われます」

きっぱりと上杉は言い切った。

「説得力のある意見だ。パシフィコ横浜と山下公園を狙撃予定地と考えよう。それ以外の場所の警備はどうすればいいかね？」

黒田部長は思案顔で訊いた。

「マンベレ博士が神奈川県内にいらっしゃる間は、ずっとそばについて警護します。高所などからの長距離狙撃は別として、至近距離からの攻撃にはほぼ対応できると考えます」

上杉は力づよく言った。

「それがいい。君が張り付けば安心だ」

黒田部長はあごを引いた。

「わたしには部下がいませんので、ひとりで頑張るしかありませんね」

上杉は笑顔で言った。

「申し訳ないと思っている。しかし、下手な者を部下につけては、かえって君が苦労するだろう」

「いえ、根岸分室に部下は必要ないのです。いまは単独行動できることがいちばんのメリットと思ってます」

これも上杉の本音だった。

「たしかに上杉くんは、堀くんや小早川くんの力を借りて、今回もひとりでX計画の謎を解き明かしたのだからな」

黒田部長は声を高くした。

名前を呼ばれた堀が肩をすぼめた。

堀は一度も言葉を発していない。

さすがにこの場のような雰囲気には慣れないらしい。

「わたしにも部下はいません。マンベレ博士に危険が迫っていることを直接にお伝えする役割をつとめたいです。さらにいざというとき、博士の適切な場所への避難を誘導します」

夏希は笑みを浮かべて言った。

「たしかに本人にも警戒してもらう必要があるな。避難誘導も重要な課題だ」

黒田部長は納得したようにうなずいた。

「適任だと思います。真田の対話能力は県警随一です。犯人との対話でいままでいくつもの事件を解決してきました」

上杉は太鼓判を押した。

「真田くんの力はわたしもよく知っている。ぜひお願いしたい。だが、君はいままではわたしの部下ではない。警察庁の職員だ……」

「明日《あした》は公休日ですし、月曜日は休暇を取ります。つまりボランティアです」

夏希はさらに明るい声で言った。

「ありがとう。織田くんには真田くんをお借りすると連絡しておく」

「ただ……わたしフランス語ができないんです。本人のOKがあればの話なんですが、通訳として捜査一課の小堀沙羅《こぼりさら》さんをお願いしてもよろしいでしょうか」

「わかった。あのフランス人の母親を持つ巡査長だね。真田くんが推薦するのであれば間違いないだろう」

黒田部長はうなずいた。

「上杉くんと真田くんの役割は決まった。おおいにありがたい。ふたりは博士に接触することになるので、今回、マンベレ博士の来日を肝いっている公益財団法人《日仏文化交流財団》にわたしから連絡する」

「よろしくお願いします」

上杉と夏希はそろって頭を下げた。

「ところで警備は二、三人でできるものではない。なにかいい知恵はないだろうか。そんな知恵を借りたくて君たちに集まってもらったのだ」

全員を見まわして黒田部長は言った。

「発言してよろしいでしょうか」

堀がおずおずと口を開いた。

「もちろんだ。なにかいいアイディアがあるかね」

黒田部長はにこやかに訊いた。

「はい、わたしには部下が七人おります。我々八人がマンベレ博士の警護に就ける方法を考えました」

「君は暴対課だよね」

けげんな顔で黒田部長は尋ねた。

「そうであります。西区伊勢町《いせちょう》に事務所がある松野《まつの》組ってチンケな組がありまして、九鬼《くき》会系の三次団体なんですけど、ここの組長の松野善吉《ぜんきち》ってじいさんならナシつけられます。当日、松野にパシフィコのあたりでウロウロしてもらうだけでいいんです」

堀は真剣な表情で答えた。

「つまりその組長に協力してもらうというわけかね」

黒田部長は驚きの声を上げた。

「はい、善吉じいさんにはちょっと貸しがありましてね、パシフィコのまわりを散歩するくらいのことはしてもらえると思います。もちろん理由は話しません」

マル暴刑事はヤクザとコミュニケーションをとり続けている。相身互いの場面も多々あることだろう。堀の言葉を借りれば「同じ穴のムジナ」なのである。

「ふむ、なるほど……」

「そしたら自分たちは出張ることができますんで……。組長を張るって名目で部下たちを動かせます。部下たちには、松野組長がほかの組に狙われてるって噂があるんで警戒態勢を取れってハッパ掛けます」

堀はちょっと得意そうな声を出した。

「かなり無茶苦茶なウソだな。バレたら困るだろ」

上杉はあきれた。

「大丈夫ですよ、ヤクザの動きにはガセネタがいくらでもありますから……あとでガセだったってなっても誰も疑いませんよ」

ふてぶてしい笑顔で堀は言った。

「もし暴対課長がなにか言ってきたら、わたしに電話しろと言ってくれ」

黒田部長は頼もしく請け合った。

「それならもう心配することはなにもないです。よろしくお願いします」

堀は畳に手をついて深々と頭を下げた。

「おいおい、顔を上げてくれ」

顔の前で手を振りながら黒田部長は苦笑した。

「僕も……」

小早川が口を開いた。

「いや、小早川くんは警備部だ。今回のことに関わって将来を失ってはいけない」

黒田部長はにこやかに微笑んだ。

「あの……ひとついい方法を考えついたんですけど……」

小早川の表情は明るくなった。

「いい方法？」

黒田部長はけげんな顔で尋ねた。

「はい、警備部長に疑われずに、うちの警備課員を動かせるんです」

めています」

「実は僕の叔父《おじ》の小早川隆矢《たかや》は、与党民和《みんわ》党所属の参議院議員で現在、総務大臣を務めています」

小早川は微妙な表情で言った。

「そうだったのか」

上杉は驚きの声を上げた。

まったくの初耳だった。

小早川は国会議員の甥《おい》であることを自慢に思ってはいないらしい。

「横浜が地盤なんでもちろん神奈川選挙区です。この叔父とは、昨年死去した父の残した別荘を管理する関係で話し合わなきゃいけないことがあるんです。叔父はここ数日は忙しくないって言ってるんですよ。なのでマンベレ博士の講演の時間に合わせて、パシフィコ横浜建物内の《ハーバー・アベニュー》というカフェで待ち合わせます。閣僚なんで警視庁からSPも来るでしょうけど、短い時間ですから僕の部下も五人は出せます。これなら部下たちは正規の勤務ですよね」

小早川はにやりと笑った。

「国会議員に協力させるのか」

「どうするんだね？」

黒田部長は目を大きく見開いた。

「いえ、協力なんてさせません。一族の話し合いを叔父とするだけです。つまり僕自身のプライベートな問題です。マンベレ博士の講演を聴こうと休みとってましたので」

気楽な調子で小早川は言った。

「しかし、国会議員は予定がびっしり決まっているんだろう。とくに閣僚となると明後日《あさって》の予定はとっくに埋まっているのではないか」

黒田部長は首を傾げた。

「たまたまなんですけど、向こう一週間の間に話し合いたいって叔父から頼まれてるんですよ。横浜の事務所は同じ西区の高島《たかしま》ですし、自宅は山手《やまて》です。パシフィコ横浜は打合せにはちょうどいい場所です。なに、東京に行く途中の朝の一時間をもらうだけのことです」

けろっとした顔で小早川は言った。

「閣僚まで登場か、なかなか豪勢な話だな」

楽しそうに黒田部長は言った。

「どうやらマンベレ博士臨時警備本部が無事に立ち上がりそうですね」

上杉の言葉に、黒田部長は満面に笑みをたたえてうなずいた。

「上杉くん、真田くん、暴対課から堀くんを含めて八人、警備課から五人。これだけの態勢を組めれば、かなり手厚い警備と言えよう」

黒田部長の声には張りがあった。

上杉も嬉《うれ》しくなってきた。

自分のまわりにはこんなにも偏屈者がそろっているのだ。

「堀たちの組はおもにパシフィコ横浜周辺部に配置し、小早川の組には周辺ビルからの狙撃《そげき》対策をお願いしたいです」

この配置しかないと上杉は思っていた。狙撃犯のチェックは警備課員にノウハウがある。またヤクザと見まごうマル暴らは外見からして目立つ。連中がウロウロしていれば、警備がついているというデモンストレーションになるはずだ。《グレーシャーク》は心理的に圧迫を受ける。

「まかせてください」

「了解しました」

堀と小早川は同時に言った。

「ただし、警備部は山下公園の警備には携われません。叔父を山下公園には引っ張っていけませんから……」

小早川は申し訳なさそうに言った。

「うちの組も山下公園に行かせるのは難しいですが……なんとかします」

堀は思案顔で言った。

「まぁ、わたしの感覚ではパシフィコ横浜が八割。山下公園は二割でしょう。とにかくあの公園は樹木が多く、一部を除き遠距離射撃に向かないですから。小早川組が参加できなくても致し方ないと思います」

上杉の言葉に、小早川が顔の前で手を合わせた。

「さて、素晴らしいアイディアが出てきた。みんなの協力に感謝する。今回の件はすべてわたしの責任で行う。なにが起きても君たちに不利にならないように、最大限の努力をする」

黒田部長の声は凜《りん》として響いた。

全員が反射的に頭を下げた。

「ほかになにか思いついたことがあったら話してくれ。そのあと料理を運ばせよう。わたしは用事があるので申し訳ないが失礼するが、みんな好きなだけ飲んでくれ。今日は懇親会だからね」

上機嫌の黒田部長の声だった。

「あの……わたしちょっと思いついたことがあるんです」

遠慮がちに夏希が口を開いた。

ひどく真剣な顔つきを見せている。

「とてもおかしなことで、しかも危険を伴うのですけれど……」

その場の全員が夏希に注目した。

「ぜひ聞かせてくれないか」

黒田部長がやわらかい声で続きを促した。

夏希は息を吸い込んだ。

続けて彼女が口にしたのは、上杉が思いもしなかった話だった。


【3】


翌日の午後九時少し前、上杉は新横浜駅の上りホーム中ほどに立っていた。

上杉は珍しくチャコールグレーのサマースーツに身を包んでいた。シルバー系の地味なネクタイも締めている。

のぞみ四八号のグリーン車である九号車にマンベレ博士は乗っている予定だった。

注意深くまわりを見渡したが、報道陣の姿は見られなかった。

午後八時五七分、新幹線はホームに入ってきた。

ドアが開いてスーツ姿の男性など三人が出てきたあとに、ひとりのアフリカ系と思《おぼ》しき高齢の男性がゆっくりとホームに降り立った。

真っ白なもしゃもしゃの髪と豊かな口とアゴのヒゲが、濃いチョコレート色の顔を包んでいる。

身長は上杉とほぼ同じくらいで、同じように筋肉質である。いくらか太っているだろうか。

外国人の年齢はわかりにくいが、聞いている六七歳よりはかなり若く見えた。

茶系のスーツ、白いシャツに赤系のネクタイを締めている。

着替えなどが入っているのか、左手にベージュ色の大きなボストンバッグを提げている。

シルバーフレームのメガネを掛けた博士は、鼻筋が通って顔立ちの品がよい。容貌《ようぼう》にはどこか高貴な血筋を感じさせた。

非常に知的であたたかい雰囲気を持った人物であった。

髪とヒゲのせいもあるだろうが、なんとなくサンタクロースを思わせる。

かたわらには、ライトグレーのスーツに身を包んだ小ぎれいな四〇代なかばくらいの日本人女性が付き従っていた。

「神奈川県警の上杉と申します」

上杉はゆっくりと歩み寄って女性に話しかけた。

「ご苦労さまです。《日仏文化交流財団》事務局の岩城《いわき》と申します」

にこやかな笑みとともに岩城は美しい声で名乗った。

「コンバンワ」

澄んだ黒い目がやさしく笑っている。

マンベレ博士は日本語であいさつすると、いきなり右手を差し出した。

ぶ厚いあたたかな掌《てのひら》だった。

博士は女性に向かってなにやら言った。

「エンゾ・マンベレです。わたしのために時間を使ってくださって恐縮です、とおっしゃっています」

「ようこそ神奈川県へ。マンベレ博士にお目にかかれて光栄です。ホテルまでお供致します」

上杉の言葉をすぐに岩城が通訳してくれた。

「ありがとうございます。よろしくお願いします」

博士は笑みを浮かべて頭を下げた。

あいさつを済ませると、一行はすぐに駅の篠原《しのはら》口を出た。

新横浜駅は、北口と篠原口と呼ばれる反対側の出口では大きく様相が違う。

ビルが建ち並びバスターミナルが設けられている北口は、のぞみが停車する駅にふさわしい雰囲気を持っている。

篠原口の駅前には駐輪場がひろくとってあって、狭いロータリーの向こう側には二階建てのアパートが建っている。ローカル線の駅そのものの雰囲気だった。

これなら不審な人物がいればすぐに認識できる。また、屋上からの狙撃を警戒すべき建物も、七〇メートルほど離れた一階にレンタカー屋の入っているビルただひとつだ。

警護の都合上、篠原口からハイヤーに乗ることを上杉が財団側に指示したのだ。

ロータリーには黒塗りクラウンのハイヤーが駐《と》まっている。たぶん黒田部長の公用車と同じ高級なグレードのクルマだ。

一五分ほど前には、すでにハイヤーはこの場所に迎えに来ていた。

これも上杉の指示だった。

上杉は身分を名乗って運転手と世間話をしている。

運転手が怪しい人物でないことを確認する必要があった。

もし敵の一味だったら、どこへ連れて行かれるかわからない。

五〇歳くらいの運転手に不審な点は感じられなかった。このハイヤー会社で一〇年も運転手を続けているそうである。

一行がロータリーに近づくと、さっと降りてきた運転手は、うやうやしく後部ドアを開けた。

博士と岩城が乗り込み、上杉は助手席に座った。

新横浜駅から東神奈川《ひがしかながわ》駅までは県道一二号で一本だ。そこからみなとみらいまでは三キロもない。

三〇分も掛からないうちに、ハイヤーは《ザ・カハラ・ホテル&リゾート横浜》の車寄せに到着した。

庇《ひさし》が大きく張り出した車寄せは、入口の反対側にモミの木などが植えられている。

狙撃できる近くのビルは少ないが、幸いにも植え込みの木が銃弾よけの塀の役割を果たしていた。

上杉は先にハイヤーを降りて周辺部に気を配った。

エントランスのドアから、ふたりの女性が姿を現した。

「こんばんは」

ライトブルーのワンピースは真田夏希だ。

「お疲れさまです」

グリーンのワンピースに身を包んでいるのは小堀沙羅だった。

ふたりともカジュアルな格好だ。日曜日の晩のことでもあり、表向きはふたりとも公務執行中ではない。

後部座席からマンベレ博士と岩城が降りてきた。

ふたりは夏希と沙羅を見てかるい驚きの表情を浮かべた。

「ボンソワール！」

沙羅はフランス語で博士に話しかけた。

マンベレ博士は満面に笑みをたたえて沙羅と握手した。

流ちょうなフランス語で、沙羅は受け答えをしている。

「建物に入って！」

上杉が注意すると沙羅はペロッと舌を出して博士を建物内に誘導した。

夏希もすぐに後に続いた。

「ああ、日本の警察の方なのですね」

ホテル内に入りながら岩城は言った。

「はい、フランス語を話せるのが小堀、もうひとりが真田と申します。ご連絡しましたように、博士が横浜にご滞在の際にご留意頂きたいことをご説明するために伺いました。少しだけお時間を頂戴《ちょうだい》します」

上杉は丁重に説明した。

「博士にもお伝えします。とてもきれいな女性たちなので警察の方とは思いませんでした」

岩城は静かに笑った。

時間も遅いので豪華なロビーに人影は少なかった。

とりあえず怪しい人間の姿は見られなかった。

さっと岩城がチェックインの手続きを済ませた。

ホテル側には上杉は県警の人間であることを伝えてある。

ボーイの案内でそのまま部屋に向かった。

マンベレ博士に用意された部屋は一〇階のエグゼクティブスイートだった。さらに上のクラスのスイートもあるそうだ。

財団が予約していたのは一一階だった。

今日になって上杉は財団の許可を得て、ホテルに対して同じタイプのほかの部屋への変更を頼んだ。

幸いにもひとつ下の階に同一タイプの部屋が空いていた。

むろん、襲撃者が事前に部屋になんらかの仕掛けをすることや、狙撃《そげき》場所として特定することを恐れての措置だ。

昨日もみんなに言ったとおり、上杉はハイヤーやホテルで博士が襲撃される可能性はほとんどないと考えている。

だが、万が一ということがある。

こちらは最低限の人数でマンベレ博士を守らなければならないのだ。

できうることはすべてやっておきたい。

部屋に入ったところで、博士たちを入口付近に待たせて室内をチェックした。

とくに不審な仕掛けなどは見つからなかった。

このエグゼクティブスイートはハーバービューだったので、海方向の夜景が素晴らしかった。

正面にはベイブリッジが横に延び、右手にはヨコハマ グランド インターコンチネ

ンタル ホテルの特徴的な建物が青白く輝いていた。

五〇平方メートルはありそうなひろいリビングルームに全員が集まった。

博士はゆったりとしたレザーチェアに座った。

上杉は少し離れた窓際のデスクの椅子を使うことにした。

女性たちは五人掛けのレザーソファに並んで座った。

岩城が気を利かせて部屋の冷蔵庫からソフトドリンクを出して来て、ソファの前の大理石のカフェテーブルに置いた。

ただし同じ飲み物はあまりなく、緑茶やらウーロン茶やらジュースやらといったさまざまなドリンクが並んだ。

「改めてごあいさつ申しあげます。はじめまして、神奈川県警の真田夏希と申します。ようこそ横浜にお越し下さいました」

夏希はゆっくりと頭を下げた。

博士は夏希のマネをするようにお辞儀した。

「実はマンベレ博士に危険が迫っているおそれがあります。国際的犯罪組織《ディスマス》が博士を襲撃する計画をキャッチしました。神奈川県警もできるだけの警備を致しますが、博士には身辺にじゅうぶんに注意して頂きたいのです」

夏希は恐ろしい言葉を口にした。

だが、マンベレ博士の表情は少しも変わらなかった。

「わたしはさまざまな機会を捉《とら》えて《ディスマス》の犯罪行為を非難し、彼らを支持する人々の危険性を指摘してきました。幸いにも合衆国を中心にわたしの考えに賛同してくれる人々が増え、《ディスマス》に協力的な態度をとらないようにしようという考え方がひろがってきました。《ディスマス》がわたしを憎み、わたしの口を封じようとしても何の不思議もありません」

「しかし、博士を襲う危険は絶対にはね除《の》けなければなりません」

夏希は言葉に力を込めた。

「わたしは《ディスマス》の存在を許すことができません。彼らは犯罪行為で得た財貨を貧窮国家の人々に配ることで自分たちを正当化しようとしています。しかしこれは偽善です。多くの人々が《ディスマス》の犯罪に泣いていることをごまかそうとしているだけです」

博士の語気はつよかった。

「ですが、博士の身に万が一のことがあれば、それは世界的な損失なのです。わたしたちはそんな悲しい事態が訪れることを非常に恐れています」

夏希の言葉にはこころがこもっていると感じた。

沙羅のフランス語訳の巧拙は上杉にはわからない。岩城のほうがすぐれているのかもしれない。しかし、夏希のこころを伝えるためには、夏希をよく知る沙羅の通訳が必要だと上杉は思った。

「ご心配頂いて恐縮ですが、わたしもこんな年齢です。いつまで生き続けられるかわからないのです。もし、わたしが《ディスマス》に殺されたとすれば、それはそれで彼らの残忍さや危険性を世界に示すよい実例となるでしょう。わたしの生命は《ディスマス》撲滅のための記念碑となって世界にちいさな貢献ができると思います」

マンベレ博士の瞳《ひとみ》が輝いている。

まるで殉教者のようだ、と上杉は思った。

「ああ、博士。そんなことをおっしゃらないで下さい。世界中の何十万、いいえ、何百万という読者が悲しみ、こころに傷を負います。読者にそんなつらい思いを与えないでください」

夏希は目を潤ませている。

「ありがとう。わたしの詩や小説を愛して下さる読者への感謝と愛を忘れた日は、一日たりともありません。今回は幸いなことに日本の読者とふれあうことができます。

大変に幸せなことです」

　少しおだやかな表情に戻って博士は言った。

「失礼ですが、博士はひとつだけ誤ったことをおっしゃっています」

　博士の目を見据えながら夏希は言った。

「なんでしょう」

　マンベレ博士は首を傾げた。

「あなたは自分の生命を粗末にする権利をお持ちではないはずです」

　夏希は謎のような言葉を口にした。

「どういうことですか」

　博士は夏希の目をまっすぐに見て訊《き》いた。

「あなたの生命は神から与えられたものであり、その終焉《しゅうえん》もまた神の手に委《ゆだ》ねられているはずです。聖トマス・アクィナスは自殺を生と死を司《つかさど》る神の権限を侵す罪として指摘していますよね。生命を自ら軽んずるということは、自殺ほどの罪ではないでしょう。でも、決して神が喜ぶことではないはずです」

　夏希は急にキリスト教の教義に触れた。

　上杉にはピンとこなかった。

だが、マンベレ博士は雷に打たれたような顔つきを見せた。

「たしかに……おっしゃるとおりです。神の御教えを尊ぶ態度ではありません」

苦しげに言って、マンベレ博士は額に手を当ててうつむいた。

「だから、あなたは生命という神の恵みをもっと大切にすべきではないのですか」

夏希は静かに言った。

博士は額に手を当てたまま黙っている。

「お言葉、身にしみました。あなたのご指摘はまことに正しい。わたしは正義という蜜《みつ》に囚《とら》われて、自分勝手な狭い世界に陥っていました。自分の生命は大切にすべきです」

顔を上げたマンベレ博士の瞳は澄み切っていた。

「おわかり頂けてよかったです」

夏希の声に喜色があらわれた。

「ですが、わたしと日本の読者のふれあいを奪わないでください」

ふたたびつよい口調でマンベレ博士は言った。

「博士のお気持ちよくわかりました。その点については可能な限り配慮致します」

小さくうなずいて夏希は答えた。

堀たちを近くに張り付かせるわけにはいかないなと上杉は思った。

あの連中が張り付いていれば、博士に近づくのには誰しも勇気が要るだろう。子どもなどは泣き出すかもしれない。

「横浜はわたしにとっては特別な土地なのです」

マンベレ博士の表情が急にやわらかくなった。

「なぜですか？」

夏希は釣り込まれるように微笑んで尋ねた。

「ちょうど四〇年前のことです。当時、わたしはソルボンヌ大学に学ぶ学生でした。同じ留学生のひとりの女性に恋をしました。ミサコという名前でした」

なつかしそうに博士は遠くへ目をやった。

「日本人だったのですね」

夏希は身を乗り出した。

「はい、彼女も文学を学んでいました。彼女の研究課題はレーモン・クノーでした」

「あ、『地下鉄のザジ』の作者ですね」

上杉は映画の題名としてしか知らなかった。フランス文学が原作だったのか。

「ふたりは気が合っていました。わたしと彼女は作家になれる日を夢見ていました。

あの大学の美しい図書館で、ふたりは一緒に勉強しました。二人とも文学を愛していたのです。そうした共感からふたりは交際することになったのです。プラタナスの並木に囲まれた噴水を前にしたベンチで、彼女にルイ・マル監督が撮った『地下鉄のザジ』の名画座チケットを渡したのが始まりでした」

遠い想い出を辿《たど》るマンベレ博士の目は輝いていた。

「素敵なお話ですね」

うっとりとした声で夏希は言った。

「次の年の夏。ミサコの帰省に従《つ》いてわたしは日本へ来てしまいました。その頃はこのホテルはありませんでした。また、あのベイブリッジは工事中でした。ですが、山下公園やホテルニューグランドはあの頃のままと聞いています」

急にマンベレ博士の表情が暗転した。

「悲しいことにわたしたちが交際して一年と少したった頃、ミサコは学業途中で帰国しました。ミサコは病気だったのです。それからたった半年、脾臓《ひぞう》にできたがんのために、彼女は日本で亡くなりました。わたしはもう二度と会うことはできなくなりました」

マンベレ博士の目が潤んだ。

「そんな悲しいことがあっただなんて……」

　夏希の声は曇った。

「今回はスケジュールの都合で無理なのですが、いつかは新潟県にあるミサコのお墓にお参りしたいと思っています」

　沈んだ声で博士は言った。

「かなうことをお祈りしています」

　しんみりと夏希は答えた。

「明日《あした》の講演後、山下公園を訪ねるのは大きな楽しみなのです。ミサコとふたりで訪ねた場所だからです」

　マンベレ博士は明るい声に戻った。

「よろしければ、わたしたちがご案内致します」

　夏希は博士の目を見てしっかりと売りこんだ。

「それは嬉《うれ》しい。どうぞよろしくお願いします」

　マンベレ博士は快活に笑った。

　懇話が済んで、上杉たちと岩城は部屋から引き上げることになった。

　上杉は、なにがあってもドアを絶対に開けないように、不審なことがあったら自分の部屋にインターホンで連絡をするようにと言い残した。

マンベレ博士は真剣な顔でうなずいてから、「ボンニュイ」とお休みのあいさつをしてドアを閉めた。

上杉たちは同じ階のツインルームに部屋を取っていた。

女性たちは当然ながら寝室のツインベッドに寝ることになる。

上杉は入口付近にエキストラベッドを運んで、彼女たちの視界の外で寝ることに決めた。

ルームサービスで頼んだシャンパンのグラス片手に、夏希と沙羅は大はしゃぎしている。

素晴らしい夜景が気に入っているのだ。

ふたりとも修学旅行の女子中学生みたいだ。

上杉は今夜は酒を口にするわけにはいかなかった。

なにかあったらすぐに跳ね起きてマンベレ博士の部屋に駆けつけられる態勢をとらなければならなかった。

寝室が静かになっても、上杉の目は冴《さ》えて眠りに入ることは難しそうだった。

第四章　危　難

【1】

翌日の横浜は梅雨の晴れ間となった。

雲間から時おり明るい陽光が差している。

夏希、沙羅とマンベレ博士、岩城は《ザ・カハラ・ホテル&リゾート横浜》のエントランスに立っていた。

かたわらでは上杉が油断なく周囲に目を配っている。

マンベレ博士はゆったりとしたガウンのような極彩色の民族衣装を身にまとっていた。オレンジを基調に黒、白、赤、黄の色が複雑な幾何学模様を描いている。さらに黒にオレンジの縞《しま》が入ったギャリソンキャップに似たかたちの帽子を頭に載せていた。

民族衣装と白いもしゃもしゃの髪と顔の半分を覆うような白ヒゲがよく似合っている。

その姿はひとりの文化人ではなく、アフリカの神様のように夏希には感じられた。

一行が乗り込むと、ハイヤーは静かにエントランスを離れた。

昨日と同じ運転手の《日仏文化交流財団》が借り上げたハイヤーだった。

ハイヤーは、パシフィコ横浜ノースの白い建物の横をゆっくりと進んでいった。

パシフィコ横浜ノース（横浜みなとみらい国際コンベンションセンター）、パシフィコ横浜（横浜国際平和会議場）という巨大な建物を通り過ぎた先に、講演会場である国立大ホールがある。

博士の宿泊先が、ホール横のヨコハマグランド インターコンチネンタル ホテルであれば、ハイヤーを使う移動は必要なかった。

だが、昨日になって宿泊先を変えることは不可能だった。

ハイヤーには助手席に沙羅が乗り、博士の右側に夏希、左側に岩城が座っている。

後ろには上杉が運転するランクル覆面パトカーが続いていた。

「こんなわずかな距離を歩くこともできないとは……」

マンベレ博士は嘆き声を上げた。

ホテルから講演会場のパシフィコ横浜国立大ホールのエントランスまでは八〇〇メートルほどの距離しかない。歩いても一〇分ほどだ。博士の気持ちは夏希にもわかる。

「申し訳ありません。警備の都合上、できるだけ博士には安全な場所にいて頂きたいのです」

夏希が詫《わ》びる言葉を岩城が訳した。

「いや、あなたに苦情を言っているわけではありませんよ。ドクター真田」

笑みを浮かべて博士は言った。

「国立大ホールでは、多くの人が博士のお話を伺うことを楽しみに待っています」

夏希の言葉にマンベレ博士は口もとに笑みを浮かべた。

「ありがとう、わたしが祖国に対して抱いている熱い気持ちと、文学への限りない愛について語りたいと思っています」

気負うことなく、博士はやわらかい口調で言った。

「素敵なお召し物ですね」

夏希はさっきから言いたかったことを言葉にした。

「我々の祖先は遠い昔には動物の革から作られた衣服を身につけていました。希少な動物の皮革で作られた服は権力と富の象徴でもありました。ご存じのように赤道に近い我が国は酷暑の土地柄なので、皮革の服よりも植物繊維で作られた服が適しています。歴史のなかで我々は、大変な苦労の末にラフィアクロスと呼ばれるテキスタイルを生み出してきました。この服もまたラフィアクロスで作られています」

博士は笑みを浮かべて、民族衣装の袖《そで》をちょっと上げて語った。

スーツ姿が決まっているマンベレ博士だが、民族衣装はさらによく似合っていた。

あっという間にハイヤーは国立大ホールの西側至近の公共駐車場入口付近に到着した。駐車場は地下にあるが、ハイヤーはUターンして国立大ホールの建物横に停車した。

すぐ横の入口を入れば、国立大ホールの警備室横からマリンロビーと呼ばれる一階大ロビーに入場できる。

この裏口のようなエントランスを選んだのは上杉だった。

クイーンモール橋からペデストリアンデッキを通るルートや、一階のメインエントランスからの入場は注意すべきポイントが多すぎる。

とくに高所からの狙撃《そげき》を警戒するとなると、横浜ベイホテル東急《とうきゅう》、横浜みなとみらいホール、オーシャンゲートみなとみらい、ブランズタワーみなとみらい、さらにヨコハマ グランド インターコンチネンタル ホテルのすべてに警戒の目を向けなければならない。

この場所であれば、パシフィコ横浜の展示ホール付近のペデストリアンデッキと、その真下にひろがる臨港《りんこう》パークだけに注意を向ければよい。

すでにペデストリアンデッキ上には数人のブラックスーツ姿の男たちが見えた。

小早川が指揮する警備部の警察官たちだ。時おり小型双眼鏡で周囲を目視する者もいる。ただならぬ緊張感が漂っている。

また、臨港パーク付近には、いかつい顔つきのガタイが大きい男があちこちに立っている。木陰やトイレの脇などに立つ彼らもブラックスーツ姿だ。

堀の配下の暴対課捜査員だろうが、なかには松野組の組員も交じっているのかもしれない。夏希にはマル暴刑事とヤクザの見分けがつかなかった。

いずれにしても臨港パークには殺気立った雰囲気が感じられる。

小さな子連れで遊びに来た母親が、顔色を変えてさっときびすを返す姿も見られた。

逆に報道陣の姿はひとりも見られない。

おそらくは彼らは正面エントランス付近に陣取っているのだろう。

上杉は報道陣の裏をかくことができたのだ。

一行はハイヤーを降りるとまっしぐらに入口のガラス扉を目指した。

上杉と沙羅が博士の両脇に寄り添って、夏希と岩城は後に続いた。

沙羅は夏希とは違って一般採用の警察官である。当然、逮捕術は心得ている。

暴漢に対してなんの役にも立たない夏希と違って、警護の能力を持っているのだ。

「おはようございます。ご苦労さまです」

ガラス扉の向こうから、ライトブルーの制服に身を包んだ三〇代くらいの民間警備員が出てきてあいさつした。スムーズにことが運ぶところを見ると、上杉から事前に連絡しておいたのだろう。

「よろしくお願いします」

上杉が皆を代表するようなかたちで言葉を返した。

博士はにこにこ笑いながら頭を下げている。

開場一時間前とあって、だだっ広いマリンロビーにはほとんど人影がなかった。

入口のエントランスロビー側に四人の警備員と二人の運営スタッフらしき女性の姿があるだけだった。入場係などはエントランスロビーにいるのだろう。

警備室を回り込んだところに比較的幅の広い階段が設けられていた。

「申し訳ありませんが、エレベーターはエントランスホールにあります。この階段で三階まで上がって頂きます」

上杉の言葉を岩城が訳すと、博士は明るい笑顔で答えた。

「失礼だが、わたしをあまり年寄り扱いしないでください」

エレベーターは隣のエントランスホールにあるが、わざわざ入口付近に近づく必要はない。

マンベレ博士は民族衣装の袖を翻して階段を上り始めた。

上杉があわててあとを追った。

階段を上って博士は三階の控室に無事に入った。

夏希と沙羅は控室近くの廊下に設けられたソファで、博士が舞台に向かうまでの時間を待機することにした。

上杉はほかの警備場所へと去った。

やがて博士は控室から出てきて階段に向かった。夏希たちも後に続いた。

二階に降りると舞台左袖に続く通路に出た。

夏希たちは舞台の左袖に椅子を用意してもらっていざというときに備えた。

かたわらには《日仏文化交流財団》の岩城が座った。

ただ、講演中の襲撃は考えられないと、上杉は言っていた。

客席からはもちろん、ほかの場所からでも狙撃すれば、犯人は逃げ場所を失う。

しかも入口にはウォークスルー型の金属探知機が設置されている。入場者は危険物の持ち込みが不可能だと考えられた。

講演が終了する一〇時までは、ひとまず安心なはずだ。

「……それでは、エンゾ・マンベレ博士にご登壇頂きたいと思います。皆さま、盛大な拍手をもってお迎えください」

舞台から博士の登壇を促す司会者の声が聞こえた。

「イッテキマス」

マンベレ博士は、楽しそうに日本語で言った。

夏希たちは笑顔で博士を見送った。

博士が舞台に出て行くと、割れるような拍手がホールを覆った。

講演が始まった。

「おはようございます。エンゾ・マンベレです。横浜を訪れることができ、こうしてお話しできる機会を与えられたことを、神と皆さまに感謝致します……」

博士は朗々と話し始めた。

三階の同時通訳ブースにいる翻訳者からの音声が場内に響く。博士のフランス語がすぐさま日本語に翻訳されている。

夏希は博士の横顔を眺めながら、同時通訳の言葉に聞き入った。

【2】


臨港パークのまん中あたりに独立した小さなカフェがある。

《ハーバー・アベニュー》は海側全面がガラス張りでベイブリッジの眺めが最高だ。

叔父《おじ》の小早川隆矢総務大臣は、この店が好きで時々立ち寄るという。

窓の外には、ヤクザまがいのむくつけき男たちの姿が見える。

堀配下の暴対課の刑事たちだ。

気づかないようで、叔父は平然とコーヒーを飲んでいる。

「まぁ、そんな感じであの別荘は、秀ちゃんのものなんだぞ。本来は君が使うのがあたりまえなんだ」

カップを置いて顔を上げた隆矢叔父は、同じ主張を繰り返した。

小早川の父が亡くなる前から軽井沢《かるいざわ》の別荘は叔父が使っていた。友人たちを招待する用途が多いようだ。その代わりに固定資産税と光熱水費は叔父が負担していた。

誰も使わない別荘がもったいないからという理由で、自分の弟に家賃なしで貸していたのである。

昨年、父は急性心筋梗塞《しんきんこうそく》で六五歳という若さで死去した。

小早川は激しい喪失感に悩まされたが、いまでは悲しみもずいぶん薄らいだ。

母は川崎市高津《たかつ》区の実家と動産の半分を取得し、ひとりっ子の小早川は軽井沢の別荘と残りの半分の動産を取得した。これは父の遺言によるものだった。

「僕はあの別荘を使う時間なんてないんだ。いままで通り、叔父ちゃんが好きに使ってよ」

小早川は口を尖《とが》らせた。

「いや、わたしも閣僚になって、軽井沢に行く時間などなくなった。それに使わない別荘を借りていることを変に勘ぐられるのも嫌だからな。この際、本来の持ち主である秀ちゃんの手に戻したいと思うんだよ」

叔父は言葉に力を込めた。

「あのさ、僕は独り身だし、とにかく仕事は忙しい。だからあそこの管理なんてできるわけがないんですよ」

嘆き口調で小早川は言った。

もちろん小早川の本音である。警備部管理官の仕事は激務だし、高い集中力を要する。別荘のことに気を遣っているゆとりはない。

「もともとね、わたしが使いたいって兄貴に頼んだわけじゃないんだよ。一二年前に兄貴から頼まれて仕方なく管理を引き受けたような次第だ。兄貴が死んだいま、秀ちゃんに返すのはあたりまえだと思うんだよ」

叔父の言葉は正論である。小早川は自分がワガママを言っていることは自覚していた。だが、子どもがいない叔父は小早川が子どもの頃から自分をかわいがってくれた。多少のワガママを言っても聞いてくれることが少なくなかった。

先日、叔父は電話でこの件を切り出した。今日の話し合いも小早川がうなずかない限り、別荘問題に決着はつかないと踏んでいた。

このカフェで叔父と話しているのは、要するにマンベレ博士警護のために警備課員を引っ張り出すたくらみに過ぎない。

ふたつ向こうのテーブルには、濃紺のスーツに赤いネクタイを締めている三〇代後半の男性が座って、周囲に油断なく目を配っている。

叔父を警護する警視庁のSPだ。

SP、セキュリティポリスとは、警視庁警備部警護課で、要人の警護任務に専従する警察官を指す略称である。

通常のSPの配備態勢は、現役総理大臣は五人、元総理大臣は二人で、隆矢のような大臣クラスには一人しかつかない。都知事には四人のSPが配置される。

八時前から狙撃《そげき》対策に従事させている小早川配下の者たちは、神奈川県警の警備部公安第二課警護係の警察官である。彼らも同じような任務を担っているが、SPではない。

ちなみに彼らは小早川の直属の部下ではなく、警護係長の指揮の下にある警察官たちだ。本牧山頂公園での狙撃事件を理由にして、直線距離で五キロもないこの場所での閣僚警護を警護係長に依頼したのである。

さらに隣のテーブルにはグレーのスーツを着た四〇男が座っていた。この男性は隆矢の公設秘書官である。

「頑張って早く警視正にならなきゃならないんだ」

こころにもないことを小早川は口にした。

昇任はまったく考えていないわけではない。しかし、警察官としてそれより大切なことがたくさんある。小早川は幾多の事件に携わり、いくつもの捜査本部で管理官として働くなかでそのことを学んできた。

「そうだな……」

宙に目をやって叔父は考え込んだ。

「結局、わたしがあきらめるしかないんだな」

しばらく経って、叔父はぽつりと言った。

「え……」

小早川は言葉を失った。

「仕方ない。しばらくは秀ちゃんのワガママを聞いてやるよ」

にっこりと笑って叔父は言った。

「それは……」

ありがたい話だ。そうあってほしいと願っていた。

しかし……。

話が終わってしまう。

小早川は腕時計を見た。九時四〇分だ。あと二〇分でマンベレ博士の講演は終了する。

上杉の要請で、講演終了後は直ちに国立大ホールから退出することになっている。

いちばん危険な時間は博士が国立大ホールを退出して、ハイヤーに乗り込むまでだ。

狙撃対策班には、少なくとも一〇時一〇分くらいまでは警戒態勢を解いてほしくない。

「本当にいいの？」

「ああ、秀ちゃんにはどんどん出世してもらいたい。警察官僚の甥《おい》っ子がいるのはなにかと心強いからな。別荘の面倒はしばらく見てやるよ」

叔父は快活に笑った。

「ありがとう」

ぺこりと小早川は頭を下げた。

「秀ちゃんも、そのうちには本庁に帰るんだよな」

「そうだね、いつまでも地方にいるわけじゃないよ」

小早川は答えながらも内心で焦っていた。

まずい、このままでは叔父は引き上げてしまう。

「さぁ、そろそろ引き上げるか」

叔父は腰を浮かし掛けた。

ここで叔父に帰られては、警護係の連中も任務終了とするしかない。

「叔母《おば》ちゃんは元気にしてる？」

小早川は苦しまぎれに意味もないことを問うた。

「圭子《けいこ》か……」

叔父《おじ》は奇妙な顔で答えて腰を下ろし直した。

「しばらく会ってないからさ……親父の法事以来……」

小さい頃はかわいがってくれた叔母だった。

だが、こんな歳になると滅多に会うこともない。

「そうだったな。最近、両足が痛いなんて言い出してな。まだ若いくせに運動不足だと言ったんだよ。あいつは手芸とかが好きだからあんまり外に出ないだろ。それで毎朝、散歩を始めてな。代官《だいかん》坂やら汐汲《しおくみ》坂やらを歩くようなコースらしい。わたしはつきあってやる時間をとれないけどな」

若い頃から叔父は愛妻家だが、さすがに叔母につきあって朝の散歩をする時間はないだろう。

「そう、元気ならいいんだ。よろしく言っといてよ」

叔母の話題を続けることは難しかった。

「わかった。秀ちゃんに遊びに来いって言うぞ、きっとあいつは」

口のなかで笑って叔父は答えた。

まだしばらくは話を引き延ばさなければならない。

小早川は必死に話題を探した。

「やっぱり海外勤務とか視野に入れておいたほうがいいのかな」

いま思いついた話題に過ぎなかった。小早川はそんなことを考えてはいない。

「どういうことだ？」

叔父はけげんな顔で訊《き》いた。

「いや、僕たちキャリアは外国大使館の書記官なんかに任命されることもあるんだ。そうした方向性を考えてみる必要もあるのかなと思ってね」

小早川の額に汗がにじみ出た。

「だけど、希望して任命されるもんじゃないんだろ」

さらに不思議そうに叔父は訊いた。

口からでまかせに言ったので、早くも小早川は行き詰まった。

「もちろん拝命されなきゃ、そんなのは絵に描いた餅《もち》だけどさ……」

実は叔父は国土交通省のキャリア出身だ。

「まぁそうだな。海外勤務の経験は役に立つだろうな。だけど、拝命されるかわからないそんなことより、秀ちゃんは早く身を固めたほうがいいんじゃないのか」

叔父は小早川の目を覗《のぞ》き込むようにして言った。

思いもしない話題が飛び出た。

「いや、僕はいまは結婚は考えられないよ」

本音を言ってしまった。会話が終了してしまう。

「まぁ……いい人がいれば考えてもいいけどね……」

あわてて小早川はつけくわえた。

「そうだ、秀ちゃん。見合いしないか」

とつぜん、叔父は予想もしなかった言葉を口にした。

「え？　なに？」

答えに窮して小早川は訊き返した。

「早川政司《はやかわまさし》政調会長の末っ子で由希子《ゆきこ》さんっていう三〇歳のお嬢さんがいるんだ。サクラテレビの総合メディア開発局に勤めてるんだけど、仕事に夢中で結婚しそびれそうなんだそうだ。早川さんはすごく心配しててね。いい男がいたら紹介してくれって頼まれてるんだよ」

明るい調子で叔父は言った。

「いやあ、それは……ちょっと」

小早川の背中にどっと汗がにじみ出た。

「見合いなんていうと、お互いに気を遣うだろうから、最初は気楽に芝居でも見に行ったらどうだ？　コンサートでもいい。歌舞伎ならいい席がいくらでも取れるぞ。なんならチケットを手配させようか」

まじめそのものの顔つきで叔父は言った。

「いや、いまはとくに行きたい芝居もコンサートもありませんね」

小早川は無愛想に答えた。

「だから、おまえは不器用なんだ。なんかあるだろ。室内楽なんてどうだ？」

ちょっと不機嫌になって、叔父は言葉を重ねた。

実は行きたいライブは多々ある。

だが、アイドルのライブなど女性と一緒に行ったらドン引きされるだろう。

「あの……僕の仕事は時間的に安定しないんで……約束しにくいんですよ。急に捜査本部に呼び出されることなんてしょっちゅうですから」

捜査本部は決して嫌いではない。

「いつまでも現場にいちゃダメだな。わたしから国家公安委員長を通じて警察庁長官に頼んでやろうか。本庁に戻してくれってことを」

小早川の顔を覗き込むようにして叔父は言った。

「とんでもない。そんな人事は後々必ず禍根を残します」

小早川は顔の前で手を振った。

叔父は、叔母とのなれそめから結婚した頃の話や、夫婦というもののよさなどを延々と話し始めた。

話の間に何度も由希子という女性との見合いを勧めてくる。

叔父の言葉を完全には突っぱねずに、見合いを承諾しないで会話を続けるのは本当に大変だった。

もはや限界だった。

小早川はこれ以上の引き延ばしをあきらめることにした。

幸いにも腕時計は一〇時を少しまわっている。

「叔父ちゃんがいろいろと心配してくれるのはありがたいけど、結婚はその時期が来たら考えるよ」

はっきりと小早川は拒絶の意思を伝えた。

「ま、仕方ないな」

叔父はあきらめ顔で答えた。

「別荘の件は本当にありがとう。どうぞよろしくお願いします」

小早川は深々と頭を下げた。

「ああ、別荘はしばらくいままでのままでいくよ。見合いの件はとにかくゆっくり考えてみてくれ。その気になったらいつでも電話しなさい」

叔父が立ち上がったので、小早川も立ち上がった。

SPがさっと近づいてきて、周囲に目を配る姿勢をとった。

公設秘書は会計を済ませてあとを追ってきた。

店の中ほどのテーブルに、堀と濃鼠色《こいねず》の和服を着た老人が座ってビールを飲んでいた。

曰《いわ》くありげな老人は、堀が言っていた松野組長だろう。

小早川が目顔であいさつすると、堀は小さくうなずいて見せた。

あとで電話しようと、小早川は堀の前を黙って通り過ぎた。

四人はそろって店を出た。

雲がさらに薄らぎ、ベイブリッジが銀色に輝いている。

潮風が小早川の頰を吹き抜けてゆく。

秘書が電話を入れると、すぐに離れた出口から黒塗りのクラウンが近づいてきた。

「今日はありがとう」

小早川はふたたび頭を下げた。

「いや、秀ちゃんとたまに会うのは楽しいよ。元気でやってくれ」
運転手がドアを開け、叔父《おじ》と秘書が後部座席に、SPは助手席に乗り込んだ。
車内から右手を上げる叔父に、小早川も手を振った。
音もなくクラウンは国際《こくさい》大通り方向へと滑り出した。
ペデストリアンデッキ上では、警護係の連中たちが所定の位置についていた。
国立大ホールの横には、博士たちを乗せてきたハイヤーが停車している。
すぐ後ろに上杉のランクル覆面も駐《と》まっていた。
まもなく博士が出てくるはずだ。
小早川の全身に緊張が走った。

【3】

「わたしはいつまでも、この生命が尽きるまで故国を愛します。故国の人々の不幸を少しでも減らすために、ペンの力で生命ある限り戦い続けます。中央アフリカよ永遠に！」
マンベレ博士の瞳《ひとみ》には涙が光っていた。

博士が一礼すると、万雷の拍手が会場を包んだ。

一時間にわたる講演を聞き終えた夏希は深い感動に包まれていた。

ハイヤーのなかで聞いた言葉のとおりだった。

博士は祖国中央アフリカ共和国に対する熱い気持ちと、文学への限りない愛を、あまりにも表現力豊かに詩的な美しい言葉で情熱的に語り続けた。

ただ、今日の講演では《ディスマス》批判は話に出なかった。

ステージにひとりの若い女性が豪華な花束を抱えて歩み寄った。

主催者側からの花束なのだろう。

博士は笑顔で受け取って女性と握手した。

司会者が謝辞を述べると、博士はふたたび客席に向かって深々と一礼した。

花束を抱えた博士はゆったりとした歩みで左袖《ひだりそで》に戻ってきた。

「素晴らしいお話でした」

夏希は拍手とともに博士を迎えた。

「わたし泣いちゃいました……J'ai été ému aux larmes」

沙羅は日本語とフランス語で語りかけた。

「ありがとう。素直な気持ちをきちんと話せたと思います」

博士は口もとに笑みをたたえて答えた。

「では、博士、ハイヤーまでご案内します」

いつの間にか現れた上杉が声を掛けた。

岩城の通訳にうなずいた博士は、上杉の後に続いて歩き始めた。

夏希が花束を受けとって運ぶことにした。

上杉はエレベーターを通り過ぎて階段に向かった。

警備室の横に出ると、入場するときに立っていた民間警備員が室内から出てきた。

「お疲れさまです。いま解錠します」

「お願いします」

上杉の言葉に、警備員は先に立って観音開きのガラス戸の鍵《かぎ》を開けた。

外に出る前の右手に、わずかな階段を経てマリンロビーとつながるスペースがある。

これからほかの学者たちの講演があるので、ロビーに人気《ひとけ》はないようだった。

さらに正面にはトイレスペースにつながるガラス戸があって、何人かの人影が見えた。

上杉は正面のトイレスペースと右手のマリンロビーに気を配っている。

さらに警備員は屋外に続く最後のガラス戸の鍵を解錠した。

「さぁ、外へ出ましょう」
上杉の言葉に従って博士と夏希たちは屋外へ出た。
背後で警備員がガラス戸を施錠する音が響いた。
少なくともホール内からの襲撃の危険性は格段に減った。
目の前にはハイヤーが停まっていて、運転手が後部座席の左ドアを開けている。
「ハイヤーに乗ってください」
上杉が声を張り上げて叫んだ。
夏希の全身はこわばった。
この一瞬にも銃声が響き渡るかもしれない。
花束を手にしたまま、夏希は滑り込むように後部座席に乗り込んだ。
すぐにマンベレ博士の大きな身体が隣に入ってきた。
岩城が次に乗って後部座席のドアを閉めた。
沙羅と運転手が次々に前に乗った。
すぐにハイヤーは国際大通り方向へと走り始めた。
何ごとも起こらなかった。
夏希は肩をゆるめて大きく息を吐いた。

窓から外を見ると、パシフィコ横浜を取り巻くペデストリアンデッキには小早川配下の警護係員が変わらずに配置されている。

後ろ方向を振り返ると、臨港パーク内には堀配下の暴対課捜査員が立ち続けていた。

内心で夏希はふたつの警察官グループに感謝した。

もっとも危険な一瞬は無事に過ぎたのだ。

後ろに上杉のランクル覆面が続いている。

国際大通りに出ると、車内にはなごやかな空気がひろがった。

「この後は山下公園に行ってくださるんですね」

とつぜん懸念げに博士が訊いた。

「ええ、ご案内しますが、なにか」

「警備の人たちの姿を見て急に心配になってきたのです。わたしの行動が警察の人や一般の市民の方にご迷惑をお掛けするではないかと気がかりになりました。ただ……」

眉根を寄せて博士は言葉を継いだ。

「山下公園を訪ねるのは、今回のひとつの大きな目的なのです。ミサコの故郷を訪ねるためにまた日本に来たいとは思っています。しかし、わたしもこの年ですから、次にいつ日本へ来られるかはわかりません」

岩城の訊語を訊いて、夏希は明るい声で答えた。

「大丈夫です。我々が博士や市民の方々をお守りします」

神奈川県警の人間は、博士の山下公園訪問を身を挺してでも守らねばならない。

また、いざとなれば自分や小堀が市民を遠ざけるように動けばいいのだ。

「ありがとう。その言葉を聞いて安心しました」

にっこりと笑って博士は眉を開いた。

昨日の夕刻、上杉は山下公園周辺をチェックしてまわっている。

山下公園では正面に建つホテルニューグランドの旧館・新館と、グランパレス横浜というマンション、氷川丸《ひかわまる》、ほかには某宗教団体のビル、ホテルモントレ横浜跡の工事現場、神奈川県民ホールが狙撃《そげき》可能地点として考えられた。

このうちホテルニューグランド以外は、《グレーシャーク》が得意とするストック付きの拳銃《けんじゅう》の射程距離を超えていた。アサルトライフルなどを使わないと狙撃は困難だった。

すべての狙撃地点は山下公園側から丸見えで、双眼鏡を使えばチェックは容易だった。

しかも、博士の山下公園来訪は公表されていないスケジュールだった。

「中央の噴水と、《赤い靴はいてた女の子像》を見たいです。昨日もお話ししましたが、わたしにとってはミサコとの素晴らしい想い出が残る場所なのです」

なつかしそうに博士は瞳を輝かせた。

「ぜひ、ゆっくりとおすごしください」

夏希はやわらかい声で答えた。

「とても楽しみです」

博士は嬉《うれ》しそうに言った。

「その前に少しだけお時間を頂戴《ちようだい》致します」

夏希は遠慮がちに言った。

「承知しております。皆さんにはご苦労をおかけ致します」

博士は片目をつむった。


【4】

小早川が《ハーバー・アベニュー》を出て行った後も、堀は松野組長とビールを飲んでいた。

堀が瓶からビールを注ぐと、松野組長は一気に飲み干した。

「なぁ、堀よ。俺にはちんぷんかんぷんだぜ。朝っぱらから臨港パークを歩かされた。まわりにはおめぇの柄の悪い子分がウロウロしてる。その後はこの店に監禁かよ」

テーブルの向こうで松野組長は不服そうな声を出した。

濃鼠《こいねず》の夏着物を着流しにして白っぽい角帯を締めている。

以前、小千谷縮《おぢやちぢみ》と聞いたような気がする。松野組長は新潟は長岡《ながおか》市の出身だ。

「まぁまぁ、もう少しつきあってくださいよ。迷惑は掛けませんから」

堀は愛想よく答えた。

「いったいなんのために俺をこんなところに釘付《くぎづ》けにしてるんだよ」

不機嫌な声で松野組長は訊《き》いた。

「まぁ会長、いいじゃないっすか。俺がこんなこと頼むのは珍しい話でしょ。俺と会長の仲じゃないっすか」

なだめるような声で堀は言った。

「どんな仲だってんだよ。そりゃあおまえとのつきあいは長いけどよ」

松野組長は不服そうに答えた。

「おたくの三下がやってた風営法違反だって、あの野郎だけパクったじゃないすか。

会長には指一本触れませんでしたよ」

　恩着せがましく堀は言った。

「あたりめえだろ。ありゃあ、あいつが勝手にやってたことだ。俺はなんにも知らねぇよ」

　とぼけた声で松野組長は答えた。

　この一件は松野組長の指示があった証拠を得られなかった。

「へへへ、そうでしたよね」

　堀もまた、とぼけた声で答えた。

「そんなこと持ち出さなくてもいいじゃねぇか」

　松野組長は不愉快そうに言った。

「まぁまぁ」

「納得いかねぇなぁ。たしかに俺は海を見るのは好きだよ。だけど、用もねぇのにいつまでもこんな店にいろってのはわけがわからねぇ。おまけにこの店にはビールしか置いてねぇじゃねぇか。時間つぶしなら、せめて日本酒かワインくらい奢《おご》ってくれよ」

　松野組長は口を尖《とが》らせた。

「すんませんねぇ」

堀が詫《わ》びていると、スマホに着信があった。

ディスプレーには小早川の名前が表示されていた。

「すんません」

「おい、情婦《おんな》からか?」

松野組長はおもしろそうに小指を立てた。

「もちろんそうですよ」

冗談を口にして、スマホを手にしながら堀は店の出口に向かった。

出口近くのテーブル席に松野組の下っ端がふたり、つまらなそうにコーヒーを飲んでいる。組員たちは堀の顔を見て頭を下げた。

店を出たところで堀は電話に出た。

「堀さん、お疲れさまです」

小早川は、堀が困ってしまうほどていねいな口調で言った。

歳は堀が上だが、小早川は警視だ。堀は警部補に過ぎない。

「どうです、そっちのようすは?」

「博士は無事に国立大ホールを出てハイヤーに乗り込みました」

明るい声で小早川は言った。

「そうか、よかったです」

上杉が言っていたもっとも危険な瞬間は無事にクリアできたということだ。

堀は少なからずほっとした。

「これから山下公園、続けて氷川丸、ホテルニューグランドで昼食を取ってから羽田空港へ向かい、博士は帰国の途につく予定です」

「予定通りですね」

「はい、ところで叔父《おじ》が帰ってしまいました。警護係の連中も解放するしかありません」

小早川は弱り声を出した。

「ああ、そうですよね」

警護係の連中はあくまで小早川隆矢総務大臣の警護という名目で駆り出されているのだ。大臣がいない以上、任務は終了とせざるを得ない。

「堀さんは部下の人たちを山下公園に引っ張っていけますか」

予想通りのことを小早川は振ってきた。

「これ以上、引き延ばすのは厳しいですがねぇ」

正直に堀は言った。一時間以上を経過し、すでに松野組長はじれている。

「なんとかして頂きたいです」

言葉はていねいだが、有無を言わさぬ調子だった。

「わかりました、どうにかしてみます」

依頼のかたちをとった警視の命令を、そう簡単に突っぱねるだけの勇気はなかった。

「博士が山下公園に到着するのは一〇時四〇分から数分の間になります。その時間までに警備態勢を敷いてほしいんです」

口調はやわらかいが、小早川の声は厳しかった。

腕時計を見ると三〇分を切っている。相当に厳しい状況だ。

「なんとかします」

堀は店内に目をやって苦しい声で答えた。

「恩に着ます。僕もこれから山下公園に向かいます」

現金なほど明るい声に変わって小早川は言った。

「承知しました」

「では、後ほど」

小早川は弾むような声で電話を切った。

舌打ちしながら、堀は松野組長が座る席に戻っていった。

「どうした？　温泉旅行にでも連れてけってか？」

松野組長はからからと笑った。

「あの……組長、今日のお礼にご馳走《ちそう》したいと思いましてね」

遠慮がちに堀は切り出した。

「帰してくれるんならそれでいいよ」

だが、松野組長は乗ってこなかった。

「そんなこと言わないでくださいよ。このままお帰ししちゃあ仁義を欠きますよ」

堀は言葉に熱を込めて言った。

「帰りたいって言ってんだよ」

松野組長は激しい声で拒んだが、堀は平気の平左だった。

「ホテルニューグランドでワイン奢りますよ。どうかつきあってください」

しつこい調子で堀は誘った。

「いいよ、ワインは事務所に帰ってから飲む」

ふんと鼻を鳴らして、松野組長はそっぽを向いた。

「そう言わずに……」

堀は顔の前で手を合わせた。

「妙なヤツだな。なにを企《たくら》んでんだ？」

松野組長は堀の顔をジロジロと眺めた。

「変に疑《うたぐ》り深いですね。俺の気持ちですよ」

言い訳するように堀は言った。

ちょっと考えていた松野組長は、急ににやっと笑った。

「美人が酌してくれるのか」

「ええ、それも手配しましょう」

口からでまかせだった。とにかく松野組長をニューグランドに引っ張ってゆかなければならない。

「本当かよ？」

疑わしげに松野組長は訊《き》いた。

「俺がウソ言ったことなんてありますか」

もちろん多々ある。今日もウソをついて組長を引っ張り出した。が、この際、真実はどうでもいい。

「ま、いいか、ちょうどワインが飲みたくなってきたところだ。だけど、俺の好きに飲ませてくれよ」

「いいですとも」

堀は内心で身震いした。

ホテルニューグランドで好きに飲まれては財布がたまらない。しかし、ここであきらめるわけにはいかない。

「あっちで待ってるからな。旧館一階のロビー・ラウンジだ」

松野組長が立ち上がって出口へ向かうと、二人の組員はさっと立ち上がってそろって頭を下げた。

傲然《ごうぜん》とした姿勢で松野組長は組員を左右に従えて店を出ていった。

「すぐに追いかけますからね、ニューグランドで待っててください」

声を掛けると、松野組長は背を向けたままで右手を上げた。

会計を済ませて外に出ると、堀より体格のいいワイシャツ姿の男が近づいてきた。レンズに薄茶色の入った銀縁メガネを掛けた人相のよくない男は部下の戸川《とがわ》巡査部長だった。堀より年上で副班長格だ。

さっき出ていった松野組の組員たちよりずっと迫力がある。

「お疲れさまです」

戸川はドスのきいた声を出して頭を下げた。

「おい、ホテルニューグランドに移動だ」

堀はつよい口調で命じた。

「え……松野組長帰ったんじゃないんですか」

けげんな顔で戸川は訊いた。

「これから俺も移動する。さっさとクルマ持ってこい」

さらに声を励まして堀は命じた。

「了解ですっ」

戸川はぴゅーっと逃げるように消えた。

入れ替わるように小早川が姿を現した。

後ろにはブラックスーツの五人の男たちを従えている。

堀の部下とは違って、全員が筋肉質でクールな雰囲気の男たちだ。

「いやぁ堀さん、すみません。無理言っちゃって」

小早川は本当に申し訳なさそうに詫《わ》びた。

「ああ、おまかせ下さい」

堀はできるだけ愛想のいい声で答えた。

「堀さんのお力に頼るしかありませんからね」

声をひそめて小早川は言った。

「いやいや……ところで、小早川管理官、ひとつ頼みがあるんです」

「なんでしょう？」

「うちの連中、双眼鏡を持ってないんですよ。そちらのを貸してもらえませんかね」

堀はかるく手を合わせた。

「山下公園から狙撃《そげき》地点をチェックするには必須《ひっす》ですね。お安い御用です」

明るい声で小早川はうなずいた。

シルバーメタリックの覆面パトカーが二台、臨港パーク南端付近の路上に現れた。

「何人か出てこい。警備部から双眼鏡をお借りするんだ」

堀が叫ぶと助手席と後部座席から三人の暴対課員が降りてきた。

「暴対課の皆さんに双眼鏡をお貸ししろ」

小早川の指示に、五人の警護係の男たちは暴対課の三人に双眼鏡を手渡した。

警護係の五人は小早川の前に一列に並んだ。

「よしっ、ご苦労。本日の警護任務は以上にて終了だ。解散してよろしい」

張りのある声で小早川が告げると、五人はそろって身体を折って敬礼した。

五人がその場を離れると、残った小早川が堀に近づいてきた。

「僕からもお願いがあります。僕を山下公園まで乗せてほしいんです。タクシー会社に電話したんですが、一五分以上は掛かるって言うんですよ」

遠慮がちに小早川は頼んだ。

「お安い御用です。さぁどうぞ」

堀は自ら一台目の覆面パトカーの左側後部ドアを開けた。

「ありがとうございます」

小早川に続けて堀が乗り込むと、覆面パトカーはゆっくりと走り始めた。

「よし、少し急ぐぞ。ニューグランド隣にあるポートサイド駐車場だ。ただしサイレンは鳴らすな」

「了解、ポートサイド駐車場へ急行します」

堀の下命に、運転手を務めている部下が元気よく答えた。

一〇時二五分に二台の覆面は、ニューグランド横の駐車場に到着した。

予定通り博士たちの姿は見えなかった。

平日の午前中とあって観光客は少ない。

講演以外に今日のマンベレ博士の行動予定は発表されていなかったので、報道陣の姿も見られなかった。

覆面パトカーから降りると、小早川は堀に言った。

「ありがとうございます。なんの役にも立ちませんが、僕も監視任務に就きます。どこで立哨《りっしょう》すればいいか指示して下さい」

「はぁ……」

警部補が警視に命令を下すという法はない。

とまどっていると、小早川はにやっと笑って言った。

「忘れたんですか。僕は休暇中です。つまりいまはボランティアなんですよ」

さっきまで警護係の連中に命令を下していて、休暇中もないものだ。

「まずは道路を渡りましょうか」

堀は小早川に向かって道路の向こう側にひろがる山下公園を指さした。

「全員ですか？」

訊《き》き返したのは戸川だった。

ニューグランドにいる松野組長を守るために全員が山下公園に行くのは不自然だ。

話のつじつまが合わなくなってきた。

「そうだよ、組長のそばには俺がつく」

堀はイライラとした声で答えた。
「はぁ……」
釈然としない顔つきで戸川は首を傾げた。
「さ、急ぎましょう」
無理な話を振ってきた当の小早川は涼しい顔で言った。
ぞろぞろと堀と小早川、暴対課の七人は山下公園通りを渡った。
ニューグランド前の歩道を歩く人々が自分たちに好奇の視線を向けている。
たしかに堀たちの集団行動は目立つに違いない。
だが、この際一向にかまわない。
狙撃犯に対するデモンストレーションにはなるのだ。
ヤクザまがいの集団だが、堀の部下たちは手に手に双眼鏡を持っている。
警察官であることは、《グレーシャーク》ならすぐにわかるだろう。
ヤツは簡単には手を出せなくなる。
自分たちの行動を隠す理由はなにもないのだ。
堀たちは公園の中心部にある《水の守護神像》を囲む噴水広場まで歩みを進めた。
老若男女の観光客が梅雨の晴れ間の山下公園を楽しんでいた。

彼らは堀たちの集団が怖かったのか、次々に噴水広場を離れていった。

「双眼鏡を貸してくれ」

堀は戸川から双眼鏡を受けとると、上杉から渡されていた要警戒ポイントが記された地図を取り出した。

この公園を取り巻くいくつかの建物の屋上やバルコニーなど、《グレーシャーク》が狙撃のために位置しそうな場所にマーキングしてある。

堀は双眼鏡を各ポイントに向けて状況を確認した。

「よし、戸川、ここで全体の統括をしろ」

「了解です」

「小坂《こさか》、おまえは《かもめの水兵さんの歌碑》の前でニューグランド新館のバルコニーを監視するんだ」

「はっ」

「大村《おおむら》、おまえは《日米友好ガールスカウトの像》の前でニューグランド旧館の屋上付近に目をこらすんだ」

「わかりました」

堀は部下たちの配置場所を次々に決めていった後に戸川に双眼鏡を返した。

「じゃあ、小早川警視、あとはよろしくお願いします」
恭敬な態度で堀は頭を下げた。
「わかりました。なにかあったらすぐに連絡を入れます」
小早川は堀の目を見てしっかりと答えた。
堀の部下たちはいっせいに目を見張って小早川を見た。
小早川の階級がまさか警視だとは思ってもいなかったのだろう。
なんとか間に合った。現在、一〇時三二分だ。
博士到着の瞬間を待ちたいが、松野組長がさぞかしおかんむりだろう。
あわてて堀は山下公園通りを渡ってホテルニューグランドへ飛び込んだ。
豪華なロビーを走り抜けて、堀はロビー・ラウンジへと走った。
ボーイが嫌な目つきで堀を見たが、知ったことではない。
ラウンジには高齢の男女の姿がパラパラと見えるくらいで空《す》いていた。
「遅いぞ、堀」
奥のテーブルに陣取った松野組長は噛《か》みつきそうな顔で言った。
テーブルを見るとフランスワインのボトルと、簡単なオードブルが載っていた。
わかっていつつも、堀は内心で舌打ちした。

ここの赤ワインは最低でも一万円はかるく超えるはずだった。

「すんませんねぇ。いろいろと手間取っちゃってね」

無理な愛想笑いを浮かべて堀はふかふかのソファに座った。

「まったく今日のおめぇはどうかしてるぞ」

不機嫌そのものの顔で松野組長はボトルを傾ける仕草をみせた。

仕方なくグラスをとって、堀はワインを受けた。

「美人はどうしたよ？」

女性が現れることを本気で信じている。

「いや、まぁ、そのうち来るはずです」

堀はまたもデタラメを口に出した。

離れたテーブルでふたりの組員が松野組長の警護に当たっている。

こちらはコーヒーしか頼んでいないようだ。

ワインを飲み始めてすぐに堀のスマホが振動した。

「緊急事態発生です」

耳もとで小早川の焦った声が聞こえた。

堀の胸は大きく搏動《はくどう》した。

「ニューグランド左隣のグランパレス横浜というマンションの屋上に怪しい男が現れました。いま四人が急行しています。僕も向かっています」

息を切らしながら小早川は言葉を続けた。

「グランパレス横浜の屋上ですね。いま、向かいます」

電話を一方的に切ると、堀はガバッと立ち上がった。

「おい、どこへ行くんだ」

出口へ向かう堀に、松野組長の怒鳴り声が響いた。

「あとで埋め合わせします」

背中で答えた堀はロビー・ラウンジを駆け出していった。

堀はニューグランドを飛び出した。

心臓が破裂するかという勢いで隣のマンションに向かって駆けた。

管理人に警察手帳を提示してオートロックを開けてもらい、波立つこころを抑えてエレベーターで屋上階へと上がる。

屋上階の小さなエレベーターホールからドアを開けて屋外へ出ると、三分の二ほどの面積には木々が植えられ、あちこちにベンチのある庭園になっていた。

山下公園の方向に目を移すと、海側三分の一くらいはコンクリートの床を持つ展望スペースになっている。

何人かの部下の背中が見えた。

転びそうになりながら、堀は展望スペースへと走った。

「うっ……」

目の前の光景に堀は息を呑《の》んだ。

堀の四人の部下たちが、手に手に拳銃《けんじゅう》を構えてひとりの男を取り囲んでいた。

薄手のブルゾンを着てデニムを穿《は》いたこの男は、黒いアサルトライフルを抱えるように持っていた。

中間弾薬と呼ばれる、拳銃弾と小銃弾の間のサイズの銃弾を用いるこのクラスの銃は、三〇〇メートルほどの有効射程距離を持つ。

この地点からならば、山下公園の右半分や氷川丸の船尾側は射程距離に入る。

かたわらの床には白いボストンバッグが転がっていた。

アサルトライフルは、おそらくはフォールディングストック方式だ。

銃床を畳めばボストンバッグにも収納できる。

かなり離れたところで小早川はへっぴり腰で震えていた。

「銃を下ろせ」

部下の小坂巡査部長が緊張感に満ちた、だが、しっかりした声で呼びかけた。
唇を引き締めたまま、男は険しい目で小坂を睨《にら》んだ。
「従わないと撃つぞっ」
小坂はつよい声で威迫した。
アサルトライフルの銃口は天を向いている。
堀の目から見て隙だらけの構えだ。
このまま小坂たちが引き金を引けば、男は銃弾に倒れるしかない。
それともこの隙は男の罠《わな》なのだろうか。
男が爆発物を持っていないという保証はない。
狙撃《そげき》に失敗して小坂たちを道連れに自爆する危険性だってあり得る。
堀の額に汗がにじみ出た。
「聞こえないのか。銃を下ろせ。さもないと撃つ」
激しい声で小坂は恫喝《どうかつ》した。
男はにやっと笑った。
アサルトライフルがコンクリートに転がる音が響いた。
「確保っ」

堀は大音声に叫んだ。

四人の部下たちが男に殺到して覆い被《かぶ》さった。

手錠が鳴る音が響いた。

「確保しました」

小坂が振り返って誇らしげに報告した。

「よしっ」

胸の空く思いで堀は答えた。

国際的なスナイパーを自分たちの手で確保したのだ。

だが、次の瞬間、堀の胸を違和感が覆った。

なんの隠し技もないとすれば、さっきの身体の隙は本物だ。

そんな男がスナイパーとは思えない。

「おいっ、身体を起こすんだ」

小坂がどやしつけると男はゆっくりと半身を起こした。

「ああ……」

男の表情を見た堀の肩の力が抜けた。こいつは違う……。

「おーい、俺がなにしたってんだ」

しまりのない顔で男はヘラヘラと笑っている。

「なんだと！」

小坂が怒りの声で訊《き》いた。

「俺はモデルガンで遊んでただけだぜ。改造もしてない。それがなんの罪になるって言うんだ。警察は罪もない人間を逮捕すんのかさ」

ろれつが怪しい。男は酔っ払いのようだ。あるいはヤク中かもしれない。

「しまった！」

小早川が叫んだ。

「堀さんっ、この男はダミーだ」

緊張感あふれる声で言葉を継いだ。

「我々の目をそらすために、《グレーシャーク》が仕組んだ罠です」

「陽動作戦か」

堀はギリギリと歯嚙《はが》みした。

ふたりは海側の手すりまで走った。

手すりから身を乗り出すようにして、堀は山下公園通りへ視線をやった。

黒塗りのハイヤーが左手から静かに走ってきて、山下公園中央口の交差点を過ぎたところでハザードを出して停まった。

「博士のクルマです……」

小早川はかすれた声で言った。

運転手がドアを開けると、博士と三人の女性が降りてきた。

素早くスマホを取り出すと、堀は噴水広場に立つ戸川に電話した。

「おい、戸川。こっちはダミーだった。いま公園に入ってくるオレンジ色っぽい民族衣装を着たアフリカ人の男性の警護に当たれ」

つよい口調で堀は命令を下した。

「はぁ？　外国人の保護ですか」

電話から戸川の面食らった声が聞こえてきた。

「わけは後で言う。とにかくそっちの三人で警護しろ。重要人物だから少し離れて失礼のないようにしろ。俺もすぐにそっちに行く。危険が迫っているおそれがつよいんだ」

言葉を出しているうちに堀の胸は高鳴ってきた。

「了解しましたっ」

緊急事態を察したか、戸川は張りのある声で答えた。

「小坂、そいつの始末はおまえにまかせた。本部に応援を頼んでもいいぞ」

堀はエレベーターホールに向かって走りながら背中で命じた。

小早川の足音が背中から追いかけてきた。

遠くからの潮風が身体を吹き抜けると、堀は汗に濡《ぬ》れた背中に冷えを感じた。

それ以上に肝が冷えていた。

どうか間に合ってくれと願いながら、堀はエレベーターホールに飛び込んだ。


【5】


ハイヤーが山下公園中央口の交差点に着いた。

夏希たち四人は石畳の広い歩道に降り立った。

運転手が乗り込むと、ハイヤーはマリンタワー方向に走り去っていった。

沙羅が先導し、マンベレ博士、夏希、岩城の順で、一行は公園に入って行った。

観光客は多くはなかったが、博士の存在に気づいた人々が歩みを止めてこちらを眺めた。

博士がノーベル賞候補の世界的な文学者と知っているわけではないのだろう。

華やかな民族衣装に目を引かれて急に関心を持ったに相違ない。

講演の時の帽子ではなく、側頭部を覆うオレンジ系の布をかぶっていた。ムスリムのスカーフよりも派手でずっと大きい。陽ざしから目を守る布だそうである。

皆が一〇メートルほどの距離をとって遠巻きに一行を見ている。

幸いにも至近距離に寄ってきてサインをねだるような者はいなかった。

見物人のなかにワイシャツ姿のいかつい男たちが三人交じっている。

ヤクザっぽい顔つきの彼らは暴対課の捜査員だ。

彼らが警護の配置についていてくれることに夏希は安心感を覚えた。

自分や小堀が博士から一般市民を遠ざける動きをする必要はなさそうだ。

正面まっすぐの四〇メートルくらいの位置には、背中を向けた《水の守護神像》を中心に赤、白、ピンクの花々で囲まれた池が設けられていて、噴水がささやかな水柱を上げている。

マンベレ博士は噴水に向かって歩みを進め、夏希たちもこれに従った。

右手を見た夏希ははっと驚いた。

海へと延びる日陰棚《ひかげだな》の向こう側に、見慣れた仲間たちの姿があった。

現場鑑識作業服に身を固めた小川《おがわ》とハーネスをつけられたアリシアである。
「アリシア！」
反射的に夏希は小さく叫んだ。
マンベレ博士が袖《そで》を翻して振り返ると夏希を見た。
夏希は肩をすぼめた。
なつかしさに駆け寄っていって抱きしめたくなった。
もちろんガマンしなくてはならない。
夏希には、マンベレ博士の案内をしながら守る職務が課せられている。
それ以前に、アリシアはお仕事中だった。
植え込みにマズル（鼻先）を突っ込んで臭いを嗅《か》いでいる。
爆発物を中心とした危険物を捜索しているのだ。
上杉が依頼したのだろうが、夏希には知らされていなかった。
アリシアも、ハーネスを持つ小川もこちらには視線を向けなかった。
「うわんっ」
アリシアがある植え込みに向かって吠《ほ》えた。
そのままアリシアは植え込みと距離をとって小川へと向き直った。

「うぉぉん、うぉぉぉん」

アリシアが激しく鳴いた。両耳がピンと尖《とが》っている。

いつもと違う声だ。

この鳴き方は聞いたことがある。夏希の全身はこわばった。

「爆発物かっ」

小川は緊迫した声で叫んだ。

暴対課の一人が駆け寄っていった。

ポンと小さな炸裂《さくれつ》音が響いた。

白煙とともに土や草が数メートルほど飛び散った。

「きゃーっ」

「なにっ」

「こわいっ」

「助けてっ」

観光客は騒然となった。

転びそうになりながら大通りへと走る人々がいる。

恐怖のあまり、その場にへたり込む人も少なくない。

「アリシアっ」

夏希は叫び声を上げた。

心臓が止まりそうだった。

白煙が潮風に散った。

アリシアも小川も無事だった。

もとの位置にそのままの姿勢で立っている。

夏希の全身から力が抜けた。

「警察です。直ちに公園から避難して下さいっ」

暴対課の捜査員が声を張り上げた。

観光客たちは捜査員に先導されて早足で出口へと向かった。

「神奈川県警です。博士、公園外に避難して下さい」

別の捜査員が走ってきて、マンベレ博士に指示を出した。

博士はゆっくりと身を翻した。

時間的な空白が一瞬生じた。

「バシュッ、バシュッ」

二発の炸裂音とともに博士が後ろにひっくり返った。

火薬の煙が漂っている。

「きゃあああっ」

頬に両手を当てて夏希は絶叫した。身体が硬直して動かない。

沙羅が博士に駆け寄る。

岩城は膝《ひざ》をアスファルトについて震えている。

まさか、こんなことになるなんて……。

絶望が夏希を襲った。

七メートルほど離れた場所で、ひとりの三〇代終わりくらいの男が拳銃を構えている。

白い薄手のナイロンパーカーにデニムという地味なファッションの中背の男だった。

パーカーのフードを目深にかぶり、サングラスとマスクで覆われた顔ははっきりとはわからない。

アジア人のようだ。日本人かもしれない。

男はわずかに腰をかがめた。

身体のわりには筋肉の盛り上がった腕で拳銃《けんじゅう》を構え直した。

沙羅は博士に近づくことはできずに立ち尽くしている。

一秒もないだろうが、夏希には長い時間に感じられた。
もうだめだ。次の銃弾が博士の民族衣装を撃ち抜くだろう。
夏希は全身がこわばり、声を出すことができなかった。
次の瞬間だった。
右横から黒いかたまりが飛び出してきた。
アリシアだった。
「うわっ、なんだっ」
男は日本語で叫んだ。
アリシアは男の右のふくらはぎに噛《か》みついた。
「痛《い》ててて っ、痛いっ、やめろ、やめないか」
悲鳴を上げて男は右足を大きく振った。
だが、アリシアはがっちりと噛みつき続けた。
男は拳銃を構え直そうとするが、銃口をアリシアに向けることなどできはしない。
いま引き金を引けば、自分自身に銃弾が当たるおそれがある。
「クソ犬めっ」
身をよじらせながら、男は拳銃をなんとか腰にぶち込んだ。

ギラリと男の手もとが光った。
男は歯を剝《む》きだしてナイフを構えた。
「死んじまえっ」
逆手に持ったナイフの切っ先がアリシアを狙う。
アリシアは男の顔を睨みつつも嚙みついたまま離れない。
「逃げて、アリシアっ」
かすれた声で夏希は叫んだ。
夏希は、我が目を疑った。
マンベレ博士がさっと立ち上がった。
奇跡を見る思いだった。
二発の銃弾はたしかに博士を撃ち抜いた。
だが、彼は無事だったのだ。
身体を前傾させた博士は男の背中に向かって猛然とダッシュした。
「この野郎っ」
博士は日本語で叫びながら男に体当たりした。
つんのめるように暴漢は前に倒れた。

ナイフがアスファルトの地面にぶつかる硬い金属音が響いた。

アリシアはさっと男から身を離した。

「上杉さんっ」

夏希はなんとか声を出せた。

撃たれたのは博士ではない。

民族衣装に身を包んでいたのは上杉だ。

上杉は男の背中を思い切り蹴《け》り上げた。

「ぐおっ」

男は押しつぶされたような悲鳴を上げた。

上杉は男の背中を蹴り続ける。

「拳銃を取り上げろっ」

短く上杉は叫んだ。

「了解」

堀ともうひとりの暴対課の捜査員が男に覆い被《かぶ》さった。

たしか戸川という男だ。

ふたりの巨漢に乗っかられて男は苦しげにうなった。

堀が男の腰から拳銃を引き抜いて後方に投げた。

別の捜査員が駆け寄ってアスファルトから拳銃を拾い上げた。

「拳銃確保しましたっ」

捜査員が叫んだ。

間髪を容《い》れず、その捜査員は自分の拳銃の銃口を男に向けた。

「堀、俺が代わる」

上杉の言葉に堀は男から離れた。

戸川は相変わらず男を組み伏せている。

「頼んますっ」

男に迫った上杉は右腕を後ろにねじ上げた。

「ぐえぇっ」

男は激しい声で叫んだ。

「観念しろっ」

上杉は男の右腕に手錠を掛けた。

冷たい金属音が響いた。

続けて左手にも。

あっという間に暴漢は後ろ手に縛《いまし》められてアスファルトに転がった。

「銃刀法違反で現行犯逮捕だ」

姿勢を正した上杉は、堂々とした態度で宣告した。

「くそっ、あの犬さえいなけりゃ」

男は聞こえそうなくらいの勢いで歯噛みした。

「上杉さんっ」

夏希は上杉に駆け寄っていって、ひろい胸に抱きついた。

火薬の臭いが鼻をついた。

「おい、よせよ」

上杉は心底迷惑そうな顔で答えた。

「あ、すみません」

あわてて夏希は身を離した。

自分の衝動的な行動に、夏希は頬を熱くした。

「真田、おまえの計略は図に当たったな」

淡々とした口調で上杉は言った。

もしゃもしゃの白髪と顔を覆うヒゲをつけ、上杉はさらに肌の色を変える特殊メイクを施していた。

ゆったりとした民族衣装の下には防弾ベスト、頭部を覆う布の下は防弾ヘルメットで上杉は身体を守っていたのだ。

「あんたが、すり替わっていたとはな。まさか、この俺がミスるとは……」

男は吐き捨てるように言った。

プロの誇りを傷つけられたという表情をしていた。

やはり、この男が《グレーシャーク》と呼ばれたスナイパーなのだろう。

「よかった。よかった」

沙羅が小躍りしている。

夏希の全身から力が抜けた。

「本当に……」

自分が提案したとは言え、いま目の前で現実に起きた光景は夏希を震え上がらせた。

上杉に万が一のことがあったら、夏希は一生その傷を負って生きていかなければならなかっただろう。

一昨日はあまりの危険性に夏希はすぐに提案を引っ込めた。

だが、上杉は大乗り気で、どうしても実行すると譲らなかったのだ。

「敵の第一攻撃からは防弾装備が守ってくれた。第二攻撃からはアリシアが守ってくれたよ」

上杉はかたわらでちんまり座っているアリシアの背中をなでた。

「くううん」

アリシアは気持ちよさげに鳴いた。

小川が小走りに近づいてきた。

「アリシアにケガはありませんか」

眉間《みけん》にしわを寄せて小川は訊《き》いた。

「大丈夫だ、アリシアも俺もなんともない」

上杉はおだやかな声で答えた。

「急に飛び出してくやつがあるか。おまえに万が一のことがあったらどうするんだ」

小川はかがみ込んでアリシアの首のあたりを抱えた。

上杉の心配は後まわしのようだ。

激しくしっぽを振りながら、アリシアはハァハァと息をしている。

「アリシア、お手柄だね」

夏希はアリシアの頭をなでた。

「くうん」

黒いつぶらな瞳《ひとみ》でアリシアは夏希を見た。

夏希はたまらなくなってアリシアを抱きすくめた。

アリシアはしっぽを振り続けている。

小川は文句を言わず黙ってそばに立っていた。

「大丈夫ですかっ」

小早川が青い顔で駆けつけた。

堀も続いていた。

「おう、ご苦労さん。とりあえず銃刀法違反で現行犯逮捕した。日本人らしい。堀、お前んとこで本部に連行してくれ」

上杉は気負わずに平板な調子で指示した。

「了解です」

堀は歯切れよく答えると、男の肩をポンと叩《たた》いた。

「おまえの身柄はまずは暴対が預かるぞ」

手錠を掛けられた男は黙ったままうつむいていた。

堀が男にあごをしゃくると、四人の暴対課捜査員が近づいてきた。

「さぁ、立つんだ」

戸川がドスのきいた声で男を立たせた。

男は立ち上がると、地面に視線を落としたまま大きく舌打ちした。

「くそっ」

たった一言だけ男は言葉を吐いた。

ふたりが両側に立って、男は連行されていった。

パシフィコ横浜から山下公園への移動中、県警本部の隣にある横浜税関の駐車場に、刑事部機動捜査隊が保有するミニバン型の覆面パトカーを黒田部長が待機させていた。

このミニバン内でマンベレ博士の民族衣装に上杉は着替えた。また、プロの特殊メイクアーティストの力で上杉はマンベレ博士に変装したというわけだった。昨夜のうちにカツラや付けひげを手配するのは大変だったが、なんとか間に合った。

夏希の立てた上杉身代わり作戦は成功した。

だが、やはり危険な賭《か》けだった。

ひとつ間違えば、上杉の冷たい遺体がここに転がっていただろう。

気づいてみると、まわりの観光客たちは全員が避難していた。

山下公園の中央口には制服警官がふたり立って入場を制限していた。早くも規制線テープが張られていた。

しばらくすると、私服警察官らしきふたりの男が中央口に姿を見せた。

制服警官はしゃちほこばって敬礼すると、規制線テープを持ち上げた。

その後から、スーツ姿の博士を伴って黒田刑事部長が現れた。

黒田部長はその場に立っている夏希や上杉、沙羅の前まで歩み寄ってきた。

小早川と堀も夏希の背後に並んだ。

「上杉くん、小早川くん、真田くん、堀くん、小堀くん。君たちの生命を懸けた戦いのおかげで《グレーシャーク》と思《おぼ》しき凶悪犯を無事に逮捕することができた。さぞかし不自由な思いのなかで戦ってくれたと思う。わたしはなんの後悔もなく、マンベレ博士を横浜からお送りすることができる。わたしの無茶におつきあい頂き深くお礼を申しあげる。ありがとう」

黒田部長は深々と頭を下げた。

話を聞いていた者たちはいちように挙手の礼をした。

「あの……アリシアも力になってくれたんです」

夏希はひと言だけ言いたかった。

いつの間にかアリシアは消えていた。

もちろん小川の姿も。

「いままでも大活躍してきたアリシアですが、今日は犯人に噛《か》みつき、拳銃《けんじゅう》による第二攻撃を防いでわたしの生命を救ってくれたのです」

上杉が熱を込めて夏希の言葉を引き継いだ。

「それは素晴らしい。なにかごほうびを上げないとな」

黒田部長はにっこりと微笑んでうなずいた。

現役の警察犬は、ごほうびと言ってもドッグフードかおもちゃ、犬用骨型ガムなどをもらえるくらいなのだが……。

「マンベレ博士、お詫《わ》びを申しあげなければなりません。博士の大切な衣装が犯人の弾丸を受けて毀損《きそん》してしまいました」

上杉はマンベレ博士の前で切り出した。

「いいえ、警視《コミセール》・上杉。あなたが生命を懸けてわたしを守って下さったことに深く感謝しております」

岩城が素早く翻訳した。

「銃弾を浴びたラフィアクロスは、言論を封じようとする卑劣な暴力と戦った勇敢な男の記念碑として一生わたしの宝物となります。わたしはこの服を見るたびに暴力と戦う誓いを新たにするでしょう」

　この博士の言葉は、いつまでも夏希のこころに残りそうだった。

「さて、《赤い靴はいてた女の子像》はどちらにありますか」

　博士は首を左右に巡らせて訊いた。

「残念ながら博士。この公園はこれから現場検証でたくさんの捜査員が入るため、閉鎖を続けなければなりません。ご案内することはできなくなりました」

　夏希は淋《さび》しい言葉を口にしなければならなかった。

「ああ、それなら仕方ありません。マリンタワーにご案内頂けますか」

「現在は改装中なのです」

　夏希は肩をすぼめた。

「では高いところにある公園……港が見える」

　博士は首を傾げた。

「港の見える丘公園でしょうか」

　夏希の言葉に博士は満面の笑みを浮かべた。

「はい、そこです！　ミサコと行きました」

「そちらへご案内します」

夏希はホッとして答えた。

「念のため、警備部から警護の人員をつけます」

小早川が張り切った声を出した。

「大丈夫なのですか」

夏希の問いかけに小早川は強気の笑みを浮かべた。

「事件が起きた以上、部長に有無は言わせませんよ」

一五分もしないうちに、ブラックスーツ姿の男たちが到着した。

彼らが警護するなか、夏希たちは港の見える丘公園を案内した。警護のプロだけに必要以上に接近せず、夏希たちはゆっくりと散策することができた。

公園散策を楽しんだ後、マンベレ博士と夏希たちはホテルニューグランドで食事をとった。

昼食後、パリへと帰るマンベレ博士を羽田空港まで見送った。

パリに所用があるという岩城も同行することになっていた。

博士は午後四時三〇分発のANA便に搭乗する予定だった。

夏希たちは第三ターミナル三階の出発ロビーで、博士を見送ることにした。

まわりには相変わらず五人の警備部員が張り付いている。

「真田さん、小堀さん、本当にありがとう。あなたたち日本警察の勇気と、言論を守ろうとする覚悟にわたしは感銘を受けました。あなた方のご尽力をわたしは生涯忘れることはできないです。リーダーの警視《コミセール》・上杉にもよろしくお伝えください」

博士が差し出す右手を夏希と沙羅は次々に握った。

「博士をお守りできたことを日本警察の一員として光栄に存じます。また、お供ができたことはひとりの日本人として幸せでした」

夏希が答えると、博士は満足そうにうなずいた。

「山下公園をゆっくりと見ることができませんでしたが、今回のことでわたしはますます横浜が好きになりました。もはやミサコとの想い出の街だけではなく、多くの友人たちが暮らす街です。わたしは必ずまた横浜を訪れます。《赤い靴はいてた女の子像》を見なければなりません。そのおりはぜひおふたりと岩城さんに案内してもらいたいです」

マンベレ博士は満面の笑みで言った。

保安検査場へ向かうマンベレ博士を夏希と沙羅は手を振って見送った。

その後ろ姿は夏希にはやはり神様のように見えた。

すぐに博士の姿は見えなくなった。

ひとつの大きな任務が終わった。

【6】


店内にはクリフォード・ブラウンの"I Don't Stand A Ghost Of A Chance With You"が流れていた。

あたたかいクリフォード・ブラウンのトランペットに癒《い》やされる。

そう教えてくれたのは上杉だった。

夏希はメインストリームのジャズをほとんど知らない。

月なかばの土曜日の夜、夏希は《帆 HAN》に来ていた。

織田の隠れ家だが、最近は上杉も好んで利用しているようだ。

初めて織田と訪れたあの夜から、夏希も大好きな店だ。

今回の事件に携わった者のうち、夏希、沙羅、小早川、堀が集まっていた。上杉が招集を掛けたらこの四人が集まったのだ。

残念ながら、小川は別の事件の関係でアリシアと捜査中だった。

無数の灯《あか》りが光の島と輝くみなとみらいの夜景と、優雅な弧を描くベイブリッジが、クリフォード・ブラウンにはとてもよく似合っている。

マスターがふたつのテーブルを合わせて作ってくれた席に座って、五人はゆったりと赤ワインを飲んでいた。

マスターはいつものように、入口にクローズドの札を出してくれた。

「やっぱり、ヤツが《グレーシャーク》だった。本名は皆川隆《みながわたかし》という日本人だ。年齢は三八歳。一〇年前まで陸上自衛隊の習志野《ならしの》空挺《くうてい》団に属していた特殊部隊員だった。最終階級は二等陸曹だ」

上杉が淡々と口火を切った。

「スナイパーとなれるような腕を持っている日本人はまずは自衛隊、あとは警察にしかいませんからね」

小早川は我が意を得たりとばかりにうなずいた。

「マルBは銃の腕はからきしですからね」

堀もうなずいた。

逮捕された日に、皆川の取り調べは暴対課から佐竹たちの捜査一課に移っている。堀もその後のことは詳しく知らないのだろう。

「でも、そんな人がどうしてスナイパーになったんですか」

夏希は不思議だった。

「まだ取り調べ中なのではっきりしない。だが、いくつかの国で傭兵《ようへい》などをしていたようだ。被支援国の人々の窮状を目の当たりにしているうちに《ディスマス》に共鳴したらしい。そのうちに皆川は《ディスマス》からコロシを請け負うようになったんだ。ドイツやイタリア、フランスなどで《グレーシャーク》に暗殺された人間は少なくないが、《ディスマス》の依頼らしい。ずいぶんと多額の報酬をもらっていたみたいだ。そのうえ、ヤツは完全な確信犯で、マンベレ博士を暗殺することは崇高な行いだと信じている。《ディスマス》を危険にさらすような者は殺すべきだと豪語していると聞いた」

上杉は憂うつそうに言った。

「日下部を殺したのはなぜなんですか？」

このことも夏希にとって大きな謎だった。

「実は皆川と日下部はもともと顔見知りだった。捜査本部のその後の調べで、日下部は三年前までローマで銃器ブローカーをしていたことがわかった。そのときに皆川とつながっていたんだ。それで日下部は、皆川が《ディスマス》とつながっていることも知っていた。皆川は使う銃器に大きなクセがあったらしい。それで、今回《ラスダック》から受けたオーダーの種類と納品時期から、日下部は皆川が帰国して日本で仕事をすると勘づいた。で、博士の来日時期、皆川と《ディスマス》との関係を考え合わせて今回のマンベレ博士狙撃《そげき》事件を予測したのだ。そこで日下部は皆川と接触した」

言葉を切って上杉はグラスのワインを半分くらい飲んだ。

「もしかすると、日下部は皆川を脅していたんですか」

身を乗り出して小早川が訊いた。

「そうだ、日下部は欲をかいて、皆川に《ディスマス》からの報酬の分け前を要求したんだ。分け前をよこさなければ警察に訴えるとな。日下部は皆川を甘く見ていたんだな。皆川は日下部の虫のいい要求を突っぱねた。すると、日下部は自分の身が危ないと思い始めたんだ。で、日下部は警察を利用することを考えたんだ。自分の予想したマンベレ博士暗殺計画を警察に伝えて皆川を逮捕させようとタレコミしたわけだ。我々にタレコミを信じさせようとすれば、日下部は自分がミスターZであることを名乗らざるを得ない。そこで司法取引を持ち出したんだよ」

「なるほど、今回の構図が見えてきました」

小早川は大きくうなずいた。

「我々だって《グレーシャーク》が皆川とわかれば、手の打ちようがあった。警備部長だって本腰を入れて警備態勢を敷いたはずだ。だが、皆川は情報提供者からのリークによって、日下部が九日の夜、本牧山頂公園駐車場で警察と接触することを知った。そこで、日下部を射殺したというわけだ。日下部が俺にもなにか話した可能性があると思って俺も殺そうとしたんだ。いいとばっちりだよ」

　上杉はすごみのある笑顔で笑った。

「どうして日下部は、上杉さんが本牧山頂公園駐車場に行くことを知ったんですか」

　堀が真剣そのものの顔つきで訊いた。

「やはり内部からのリークだった」

　上杉は暗い声で言った。

「いったい誰ですか？」

　畳みかけるように堀は訊いた。

「黒田刑事部長の公用車運転手に疑いが掛かっている。あの男はギャンブルにはまっていて多額の借金を背負っていた。まだ内偵中だが、どこかのギャンブル場で日下部と出会って悪の道に惹《ひ》き込まれたようだ。日下部にとっては貴重な情報源だっただろうな。で、部長は警戒していたが、日下部のタレコミは総合相談室に掛かってきた電話だ。いくら秘密にしても内部では漏れてしまうよ。警務部警務課の誰かから聞き出したんだと思う。運転手は来週には逮捕されるだろう」

沈んだ顔で上杉は答えた。

「それはつらいですね」

夏希は低い声で言った。

「ああ……」

上杉は視線を床に落とした。

「それにしても、皆川はすっかり自白したんですね」

沙羅が驚いたように訊いた。

「犯罪のプロは逮捕されるとよく喋《しゃべ》るもんさ。口が硬いのはむしろ素人のほうだ」

淡々と上杉は答えた。

「たいていのマルBも一緒ですね。ヤツらは警察に楯突《たて》いたってなんの得にもならないってことをよく知ってますから。往生際はいいんですよ」

堀がうなずいた。

「しかし、裏社会でその名を知られたスナイパー、《グレーシャーク》をよく逮捕できましたよね」

小早川が感慨深げに言った。

「今回、ヤツはふたつの点で手抜かりがあった」

上杉は真剣な表情で答えた。

「いったいどんな点ですか」

夏希は釣り込まれるように訊いた。

「ひとつは遠距離射撃を避けて白兵戦に持ち込んだ点だ。もちろん特殊部隊で訓練は受けているはずだ。だけど、ヤツが最後に敵と格闘したのはいつのことだろう。もしかすると、自衛隊の訓練しか受けていないかもしれない。その点、俺たちはしょっちゅうプロレスごっこさせられてる。もう一点はアリシアの実力を見抜けなかったことだ。アリシアが爆発物探知犬に過ぎないと思って警戒を怠ったことが生命とりだった」

しんみりとした声で上杉は言った。

「爆弾はどんなものだったんですか」

夏希は問いを重ねた。

「あれはオモチャのような時限爆弾で、皆川が片手間に作ったものだ。茂みの蔭に隠しておいてタイマーを用いて起爆する。要するにダミーの狙撃者と同じく、陽動作戦だな。でも、アリシアが発見せずに至近距離に人がいればケガをしたおそれはあった」

上杉はワイングラスを手に取った。

「今回もやっぱりアリシアのお手柄ですかね」

小早川がちょっと悔しそうな声を出した。

「まぁ、みんな頑張ったよ。今回の黒田組は最高の仕事をした」

にこやかに笑って、上杉はグラスのワインを飲み干した。

「ダミーの狙撃犯は何者なんですか」

小早川が話題を変えた。

「あいつはただの酔っ払いさ。皆川が金で雇っただけの男だ」

上杉はにやっと笑って言葉を継いだ。

「取り調べのときには『俺はモデルガンを持って屋上で遊んでただけだ。なんの罪だって言うんだ』と主張し続けているらしい」

「住居侵入罪では立件できそうですが、殺人未遂の従犯とできるかは微妙ですがね。皆川の計画を知らなかったのは事実でしょうし……」

小早川はあいまいな顔で笑った。

「外国で犯した罪は別としても、皆川は日下部に対する殺人罪とマンベレ博士に対する殺人未遂罪で訴追されるはずだ。今回の黒田部長の計画は大成功に終わったといっていい」

上杉は晴れやかに言った。

「マンベレ博士をお守りできて本当によかったです」

夏希は感慨深く言った。

「だが、《ディスマス》については皆川からも具体的に辿れる情報はなさそうだ。連絡はメールで取り合っていたようだが、そんなアドレスはとっくに消えちまってるだろう」

上杉は声を落とした。

一瞬、その場は静まりかえった。

「《ディスマス》に迫るのは世界中の警察の仕事ですよ。僕たちは神奈川県警として可能なことをやったわけですから」

小早川が取りなすように言った。

「そう思うしかないな」

急に上杉の表情が明るく変わった。

「そうそう、マンベレ博士から刑事部にこれが送られてきた」

上杉はバッグから一冊のハードカバーの書籍を取り出して皆に見せた。

ダイヤモンドを描いたイラストの表紙には、"Diamants de l'abîme"とある。

「わぁ……これ博士の代表作『深淵《しんえん》のダイヤモンド』ですよ」

沙羅が喜びの声を上げた。

表紙をめくると、内側にEnzo Mambéréのサインが書かれていた。

「フランス語だから読めないけど、サイン付きじゃないですか」

小早川も嬉《うれ》しそうに言った。

「サイン入りで一〇冊送ってくださった。今日はここにいるみんなの分を持ってきた」

上杉はかたわらのバッグをポンと叩《たた》いた。

「嬉しい！」

沙羅がいちばん喜んでいる。

「まぁ、とにかく乾杯し直そう」

上杉の言葉に全員がグラスを取った。

気の利く沙羅が皆のグラスにワインを注いだ。

「エンゾ・マンベレ博士に！」

上杉の音頭に誰もが高くグラスを掲げた。

「もう一回いいですか」

夏希の言葉に全員が明るくうなずいた。

「神奈川県警の素晴らしい仲間たちに！」

皆はもう一度グラスを掲げた。

言葉を出しているうちに夏希の胸は一杯になってしまった。

やっぱりこの仲間たちと働いていきたい。

輝くベイブリッジが夏希の瞳《ひとみ》のなかで涙にかすんだ。

「そうそ、あれから大変だったんですよ。松野組長がたいそうおかんむりでしてね。『堀、指詰めろ』なんて刃物《ヤッパ》持ち出す始末で……でも、なんとか詰められずに済みましたよ」

堀は首をすくめた。

「さすがに小指はまずいですね、どうやってなだめたんですか？」

小早川が興味深げに訊いた。

「仕方がないから約束守ったんですよ」

あいまいな表情で堀は言った。

「約束？」

上杉が首を傾げた。

「堀さん、組長に美人を連れてくるって約束でしょ」

夏希は笑いをこらえながら答えた。

「ええ……真田さんと小堀さんが協力してくれたんです」

大きな肩を縮めて堀は答えた。

「なんだって……」

あっけにとられたような顔で、上杉は夏希と沙羅の顔を交互に見た。

夏希は笑顔でうなずいた。

「だって、堀さんはマンベレ博士をお守りするために、苦しいウソをついたんだから放ってはおけないですよ」

沙羅はくすくすと笑った。

「先週の土曜日の昼時、おふたりにニューグランドにお出《い》で頂いたようなわけでして」

堀はますます肩を縮めた。

「松野組長、喜んだろう」

上杉はにやにやと笑った。

「はい、そりゃあもう。『堀、でかした。天女がふたりも舞い降りたじゃねぇか。寿命が延びるぜ』なんてご満悦でした。途中までは……」

堀は言葉を途切れさせた。

「なにかトラブったのか」

まじめな顔に変わって上杉は訊いた。

「いえね……すっかりご機嫌になった組長が肩を抱いたら、小堀さんが現行犯逮捕しちゃったんですよ。組長の手首つかんで」

堀もまじめな顔で答えた。

「え……現行犯って」

あっけにとられたように小早川が言った。

「神奈川県迷惑行為防止条例第三条『何人も、公共の場所にいる人又は公共の乗物に乗っている人に対し、人を著しく羞恥《しゅうち》させ、又は人に不安を覚えさせるような方法で、次に掲げる行為をしてはならない。第一号、衣服その他の身に着ける物の上から、又は直接に人の身体に触れること』……この行為に該当しますからね」

沙羅は涼しい顔で答えた。

「一年以下の懲役又は一〇〇万円以下の罰金かぁ」

小早川がうなった。

「ギャグなんですぐに釈放しました。本当に逮捕したら、四八時間以内に送検するか考えなきゃならないですからね」

沙羅はおもしろそうに笑った。

「だけど、組長は『どんな美人でも、婦警だけとは飲みたくねぇ』ってすっかりおとなしくなっちゃいました」

一座の面々ははじけたように爆笑した。

「仁義は果たせたし、俺の指も無事だったわけですけどね」

小指を突き出しながら堀は力なく笑った。

「僕も後遺症が残りましたよ」

小早川が唇をゆがめた。

「なんですか？　後遺症って？」

沙羅が不思議そうに訊いた。

「あのとき叔父《おじ》を引き留めるために、見合いの話を聞いたんですよ。そしたら一昨日《おととい》、叔父から相手の女性の写真と連絡先が送られてきましてね。まぁ、そこそこきれいな人なんですが……」

冴《さ》えない表情で小早川は答えた。

「小早川さん、お見合いするんですか」

驚いたように沙羅が目を見張った。

「そんなつもりありませんよ。ただ、別荘の話がさっさと終わっちゃったんで、仕方なく見合い話を聞くフリをしてたんです。ついでに来週の土曜日の晩のコンサートのチケット二枚が入ってたんですよ。モーツァルトなんかの弦楽四重奏です」

「小早川さんの趣味じゃないね」

夏希はふふふと笑った。

さすがにお見合い相手と一緒にケミカルライトを振るわけにはいかないだろう。

「真田さん、その話はよしましょうよ」

小早川は顔の前で手を振った。

「わかった。内緒ね」

夏希は片目をつむった。

「なんだよ、真田も小早川も妙に隠すじゃないか」

ニヤニヤと笑って上杉が言った。

「小早川さんはモーツァルトは趣味じゃないってことだけ」

夏希のろれつが少し怪しくなってきた。酔いが回ってきたようだ。

「だから、止めましょうって」

唇をゆがめて小早川は夏希を制した。

「ま、いいじゃないすか。誰だって触れられたくないことはありますよねぇ」

朗らかに堀が言った。

「堀さん、そんな言い方すると、かえって変じゃないですか」

小早川は唇を尖《とが》らせた。

「とにかく飲みましょうや」

堀はワインボトルを手にした。

「そうですね。飲みましょう」

沙羅はグラスの中身を飲み干した。

「おっ、いけるねぇ。さ、もう一杯」

堀は嬉《うれ》しそうに沙羅に近づいて、彼女のグラスにワインを注いだ。

「おい、堀。小堀に近づきすぎて逮捕されるなよ」

上杉は愉快そうに笑った。

「そんなことしませんよ。俺は紳士なんですから」

堀はまじめな顔で答えた。

「そうだなぁ。堀は紳士だから女性へのアプローチも奥ゆかしすぎて、彼女できないんだよなぁ」

上杉の言葉に沙羅が身体を震わせて笑っている。

「あ、やだなぁ、ホントのこと言わないでくださいよ」

堀が頭を掻《か》いたので、もう一度笑いの渦が皆を襲った。

素晴らしい仲間たちとの夜は更けていくのだった。

本書は書き下ろしです。
本作はフィクションであり、登場する
人物・組織などすべて架空のものです。

脳科学捜査官《のうかがくそうさかん》　真田夏希《さなだなつき》

シリアス・グレー

鳴神響一《なるかみきょういち》

令和５年　２月25日　初版発行
令和６年　１月15日　再版発行

発行者●山下直久

発行●株式会社KADOKAWA
〒102-8177　東京都千代田区富士見2-13-3
電話　0570-002-301（ナビダイヤル）

角川文庫 23544

印刷所●株式会社KADOKAWA
製本所●株式会社KADOKAWA

表紙画●和田三造

●お問い合わせ
https://www.kadokawa.co.jp/（「お問い合わせ」へお進みください）
※内容によっては、お答えできない場合があります。
※サポートは日本国内のみとさせていただきます。
※Japanese text only

ISBN 978-4-04-113312-5　C0193

◆◇◇

角川文庫発刊に際して

角川源義

第二次世界大戦の敗北は、軍事力の敗北であった以上に、私たちの若い文化力の敗退であった。私たちの文化が戦争に対して如何に無力であり、単なるあだ花に過ぎなかったかを、私たちは身を以て体験し痛感した。西洋近代文化の摂取にとって、明治以後八十年の歳月は決して短かすぎたとは言えない。にもかかわらず、近代文化の伝統を確立し、自由な批判と柔軟な良識に富む文化層として自らを形成することに私たちは失敗して来た。そしてこれは、各層への文化の普及滲透を任務とする出版人の責任でもあった。

一九四五年以来、私たちは再び振出しに戻り、第一歩から踏み出すことを余儀なくされた。これは大きな不幸ではあるが、反面、これまでの混沌・未熟・歪曲の中にあった我が国の文化に秩序と確たる基礎を齎らすためには絶好の機会でもある。角川書店は、このような祖国の文化的危機にあたり、微力をも顧みず再建の礎石たるべき抱負と決意とをもって出発したが、ここに創立以来の念願を果すべく角川文庫を発刊する。これまで刊行されたあらゆる全集叢書文庫類の長所と短所とを検討し、古今東西の不朽の典籍を、良心的編集のもとに、廉価に、そして書架にふさわしい美本として、多くのひとびとに提供しようとする。しかし私たちは徒らに百科全書的な知識のジレッタントを作ることを目的とせず、あくまで祖国の文化に秩序と再建への道を示し、この文庫を角川書店の栄ある事業として、今後永久に継続発展せしめ、学芸と教養との殿堂として大成せんことを期したい。多くの読書子の愛情ある忠言と支持とによって、この希望と抱負とを完遂せしめられんことを願う。

一九四九年五月三日

角川文庫ベストセラー

脳科学捜査官 真田夏希　鳴神響一

神奈川県警初の心理職特別捜査官・真田夏希は、医師免許を持つ心理分析官。横浜のみなとみらい地区で発生した爆発事件に、編入された夏希は、そこで意外な相棒とコンビを組むことを命じられる——。

脳科学捜査官 真田夏希
イノセント・ブルー　鳴神響一

神奈川県警初の心理職特別捜査官の真田夏希は、友人から紹介された相手と江の島でのデートに向かっていた。だが、そこは、殺人事件現場となっていた。そして、夏希も捜査に駆り出されることになるが……。

脳科学捜査官 真田夏希
イミテーション・ホワイト　鳴神響一

神奈川県警初の心理職特別捜査官・真田夏希が招集された事件は、異様なものだった。会社員が殺害された後に、花火が打ち上げられたのだ。これは殺人予告なのか。夏希はSNSで被疑者と接触を試みるが——。

脳科学捜査官 真田夏希
クライシス・レッド　鳴神響一

三浦半島の剱崎で、厚生労働省の官僚が銃弾で撃たれ殺された。心理職特別捜査官の真田夏希は、この捜査で根岸分室の上杉と組むように命じられる。上杉は、警察庁からきたエリートのはずだったが……。

脳科学捜査官 真田夏希
ドラスティック・イエロー　鳴神響一

横浜の山下埠頭で爆破事件が起きた。捜査本部に招集された神奈川県警の心理職特別捜査官の真田夏希は、カジノ誘致に反対するという犯行声明に奇妙な違和感を感じていた——。書き下ろし警察小説。